サラ・プジョル・ラッセル詩集——肉体の下のフィンセント

イバン・ディアス・サンチョ

鼓 宗 編訳

関西大学出版部

サラ・プジョル・ラッセル

常にわたしの師であり、導き手であったビルテー・ツィプリジャウスカイテー[*]に。

かけがえのない友情、同じ眼差し、そして分け合った詩行のゆえに、マヌエル・サリナス[**]に。

　*　Birutė Ciplijauskaitė (1929-2017) リトアニアの文学研究者、翻訳家。
＊＊　Manuel Salinas グラナダ生まれの詩人。

謝辞

かけがえのないもの、すぐれて精神的な友情のゆえに、わたしの言葉をいつも支え、わたしの孤独を破ってくれる、わたしの同属イグナシオ・モンレアルに。

仕事と人間性に深く驚嘆しながら、長年の友情のゆえに、イバン・ディアス・サンチョに。そして、わたしの詩作の励みとなるこの詩集の翻訳のゆえに。

翻訳と、わたしにとってこれほどに高い栄誉を与えてくれるこの詩集への理解のゆえに、鼓宗氏に。

著名な大学の書架に受け入れてくださったがゆえに、関西大学に。

目次

石の孤独

月の孤独

眠る告白

穏やかな苦悩

空間と時間

『沈黙の光のなかの無垢の驚き──ハスの沈黙、バラの光』より……

新しい思い出

愛、渇望の深さ

籠る驚き

唇

あなたが夜の川床をわたしに求める

開くために閉ざす

光が詩行に入る

31

言葉が始まる場所でわたしは始まる

青い花のなかのハスとバラ

すべては沈黙の香り

『不足に「はい」と、オレンジに、パンのサフランに「はい」と伝えるために

—— 絶対的なものに傾くパンの肌』より……55

創世記第一章

人間、世界の住み処だった人間よ

どのくらい時が過ぎたか、わたしの詩句よ

わたしはユリを見る

存在の祭壇画

永遠とは何か

愛よ、あなたのなかにわたしがいる

探し求めるあなたたちにわたしは語りかける

永続するものが留まる場所へ

時々、その喜びを

サラ・プジョル・ラッセルの詩——触れられない光の環

イバン・ディアス・サンチョ

二〇一八年三月、マラガ議会出版局（CEDMA）が叢書「海の扉」において、サラ・プジョル・ラッセルの詩篇『わたしを支える光─一九九九年から二〇〇四年の詩』を出版した。表題が示す年代にかけて著者がエスキオ・デ・ポエシア叢書（スペイン、フェロル）からカスティリャ語で刊行した三冊の詩集のすべてを含む、四百ページにもなろうかという書物である。同書は、サラ・プジョルの詩の声を伝えるためのもっとも興味深いよき見本であり、そのようなものとして確かに、二十一世紀のスペイン語詩のもっとも興味深い声の一つとなっている。それはスペイン語詩の伝統に通じる言語と修辞を展望するための彼女の詩行の質の高さにおいて、最初の詩集から最新の詩集に至るまで─最初の詩行から最新の詩行まで─彼女の詩が、その調子と表現において比類ない一貫性を持っており、それは今日、詩人たちのあいだに見つけることが難しいものであるという事実による。[2]

サラ・プジョルの詩全体が、無限の相で生じ増殖するただ一つの詩行、ただ一つの声であると見なしえよう。化体した一つの同じ実体が偶然にとるその時々の形であり、ダイヤモンドのように光によって面を切られ、貫かれる。彼女の詩は反射、『わたしを支える光』という書名が語るとおりの光である。すなわち、詩の創造に向かい合う時に神秘主義的な没我の状態に置かれた詩人を支えるだけでなく、始まりと終わりのあいだを行き来する詩行全体と各行とを通じて表現の糸を、すなわち文体の一貫性を、終始支える光─逆に、糸が光を支えもする─である。先の書籍で、コンセプシオン・アルヘンテ・デル・カスティリョ

1　カスティリャ語　いわゆるスペイン語のこと。プジョル・ラッセルは、カタルーニャ語でも詩作する。

2　【原注】サラ・プジョルの詩は、自由な無韻律の長詩からなり、特定の詩節形式をとらない。各詩行は連禱もしくは詩編に近いリ
ズムを持ち、十五から二十音節のあいだを揺れ動く。詩を読むリズムを早めたり緩めたりするために詩人は、詩行内の強勢に配慮
しているのに加えて、句跨り、対照法、反復法、対句法やほかの修辞法を用いている。こうした修辞への精通が独特のリズムを生
んでいるが、詩行の韻律や句読法をそのままに保てない翻訳で再現するのは難しい。

2

が述べているように、「変化しつつある核」のように、この変化はすでに、冒頭の詩「最初の黙想」に見られるが、それはカタルーニャ語でまずは書かれた作品「マンサード」(一九九七)を原詩にしており、まさに詩人の詩学の役割を、ロゼッタストーンの役割を果たしている。題名のマンサードについて言えば、それは屋根裏部屋の換気のために家の高いところに設けられた窓だが、詩人の屋根裏を刺激するものでもあり、黙想の観念を示唆している。そして、実際には建物の外ではなく内をなす。というのも、この場所こそが、精神の家全体の足場が始まるところであるからだ。この意味で、その詩の多数が一つの同じ着想、客観的な観察よりも触れられないものに触れることに基づく詩的啓示の変奏として提示される。サラ・プジョルは、彫金師のごとく、詩行の光に詩の一編一編で細工を加えることで、詩集に形を与え、その全体を輝かせさえする。それは反復であるにもかかわらず、けっして停滞することなく、伝統の陳腐な表現に陥ることもない過程であるが、それは時間のように、その都度に異なりながらも、同じ速さのまま航海のあいだ揺らがずそこにあり、風景と感情を貫いて果たされる。「わたしたちがいなくても流れる川のように」と、コンセプシオン・アルヘンテは言っている。影ひとつなく、触れえない魚たちを捕らえる網を紡ぐ光に満たされた川面に流れを阻む船の姿はない。

例えば、同じ主題や同じ観念を抱懐する詩は多い。いく編かを挙げれば、「愛、ブドウの美しい収穫」、「愛、渇きの深度」(本アンソロジーに収載)、「愛、知の均整」がある。この場合は「愛」だが、詩人は一つの主題を取り上げて、続いていく編かの詩でそれを展開する。そうやって、まるで曼荼羅のように少しずつ観念の色合いを変えつつ、事実上空っぽである中心を常に希求している。オレンジ(彼女の詩集のうちの一冊──『不足に「はい」と、オレンジとパンのサフランに「はい」と伝えるために』──の表題にも表れる、詩人と非常に関係の深い果実)の房がそうであるのと同様、それを形成する外界なしには存在しない中心である。

サラ・プジョルの詩における統一性は、表題の円環性と二重性によっても与えられている。詩集のいずれもが独特のかたちで、一つではなく、二つの表題を持つ。一つは詩集を開くものであり（表紙の表題）、もう一つはそれを閉じる（裏表紙の表題）。さらに、どの詩集も二部に分けられている。「第一の書」と「第二の書」だが（それぞれに対応する表題が付く）、それぞれの書は、五十編の詩を含む『火はその風を広げる』の一冊だけを除いて、三十編の詩で構成されている。[3]

第一の詩集の二重の表題は、『火はその風を広げる—風はその泉を広げる』である。この最初の詩集は二部構成になっている。すなわち、「光の孤独」と「沈黙に開かれたバラ」というそれぞれの表題を持つ「第一の書」と「第二の書」である。さらに、各章は引用で始められるが、同書の場合、「第一の書」ではシェリーのものと[4]、「第二の書」ではサン・フアン・デ・ラ・クルスのものとなっている。[5] 本書に収録していないけれども、その役割は各部の調子を決めることと、精神の導きとして詩の読みに反響をもたらすことにある。内容については、簡略に述べるにとどめるけれども、豊かな感覚に満ちた詩集であり、情熱、孤独、自由、悲哀、無垢、愛、純真などが繰り返し現れる主題となっている。光、剣、あるいはバラのような具体的な要素は、繰り返される象徴へと変わり、「光の孤独」や「沈黙に開かれたバラ」のように、最後には詩を書く行為そのものの隠喩となる。同書において事実上、愛の概念と等しく扱われる言葉は、この詩集の核心をなし、つねに孤独や沈黙のような要素との対比のうちに現れる。

【原注】
3　このアンソロジーのためにも三十三編の詩を選び、対称性を保とうとしたことに留意されたい。

4　シェリー　Percy Bysshe Shelley（1792-1822）イギリスのロマン派の抒情詩人。

5　サン・フアン・デ・ラ・クルス　San Juan de la Cruz（1542-1591）スペインの神秘主義の詩人。サンタ・テレーサ・デ・ヘスースの修道院改革に協力し、跣足カルメル会の創設に尽力した。

4

二冊目の詩集は、『沈黙の光のなかの無垢の驚き―ハスの沈黙、バラの光』（二〇〇一）という対になる表題を持つ。文体と主題に関しては、最初の詩集の跡をたどるが、しかし、違うのは、可触的なものからいくらか遠ざかり、内的な感情に、すなわち、時間における存在自体についての、愛や現実や思考、そして不可能なことについてのより抽象的な性格の思索により強く収斂している。「第一の書」の表題は「石の水、沈黙の夢」であり、プロティヌス[6]の引用で始まる。「第二の書」は「夜への手引き、光の探求」と題されており、冒頭のフアン・ラモン・ヒメネス[7]と巻末の哲学者マリア・サンブラノ[8]の二つの引用がなされているが、いずれもサラ・プジョルの詩学を理解するのに大切なものである。この詩集では、ヨーロッパの神秘主義者たちの象徴的なバラと結びつくものだが、仏教の啓示に固有の要素であるハスのイメージを通じてなされる、西洋と東洋の神秘主義の伝統の融合が目を引く。この観点から、同じく著者にとってその詩的宇宙における意思の表明となるものだが、双方の伝統の融合である「青い花のなかのハスとバラ」を読んでもらいたい。

三冊目の詩集もやはり二つの要素からなる書名を持つ。すなわち、『不足に「はい」』と、オレンジに、パンのサフランに「はい」と伝えるために―絶対的なものに傾くパンの肌』（二〇〇四）である。同書を分けるこれらの二部、もしくは二冊の書物は、『光は籠り、還る』と『完全性について、黙想の言葉』を題名に持つ。それぞれ引用に基づいており、前者はノヴァーリス、後者はウパニシャッドからのものである。さらに詩集は、プロ

6 プロティヌス（205-270）ローマの哲学者。新プラトン主義を創始。禁欲と瞑想生活を唱え、後の神秘主義思想に影響を与えた。

7 フアン・ラモン・ヒメネス Juan Ramón Jiménez（1881-1958）スペインの詩人。ロルカやギリェンら〈二十七年の世代〉をはじめ、後に続く詩人たちに多大な影響を与えた。

8 マリア・サンブラノ Maria Zambrano（1904-1991）スペインの哲学者。存在と世界の対話のなかで、現実と真実、哲学と詩が互いに働きかけるあり方を探求した。

ティノスのものとマリア・サンブラノのものだが、別の二つの引用によって閉じられる。一冊の詩集を二つの引用で締めくくるのは明らかに一般的ではないが、一つは扉ページにもう一つは最終ページに与えられた二つの表題が表す着想は一貫している。こうして詩集は、一つは扉ページから右ページにもう一つは最終ページへと、右ページから左ページへと二方向に読解される（何よりも、この日本語訳との二ヶ国語版にふさわしい）。この着想は、対立するものを、最初の詩集からすでに見られたものだが、対立するものを逆説—多くのなかから例を挙げると、「すべては終わることなく終わる」、「軽快さの緩慢」、「不穏から静穏を鍛える」など—を通じて解消させるという著者の意図に整合する。

表題だけに注目するなら、三冊目の詩集はほかのものと異なり、ハスやバラほどには象徴的意味を背負わない、オレンジ、サフラン、パンといったより世俗の言葉を用いている。そのようにしてより明快な世界が創造されるが、そこでは、言葉同士の結びつきが未知のものであるがゆえに、詩人の声が、叶うことともなおいっそうの独自性を獲得する。もう一つ指摘しておくべきはより短い詩行の採用であり、「今朝、海を見る必然、それだけ」というたった一行の詩行からなるものさえ見つかる。この表現の徹底した圧縮は、詩人がもっとも奥深くに秘めた声に読者が近づくことを容易にする。それは、そよ風を吸おうと屋根裏部屋の窓を開けて川岸のぞくのにも似た行為のなかにある。それ自体が光輝で満たされており、叶うことなら全体にもっと多くの光をもたらす。そして、もっとも単純な場面（パンやオレンジやサフランに通じる場面）で生を肯定するものとして捉えうる純粋な行為のなかに。三冊目の詩集の書名は深い意味を持つ。そこには、二つの「はい」の声が聞かれ、それは生そのものを祝福するだけでなく、以前の詩集で着手していた詩作のあり方を確かめる役割を果たしている。とどのつまりそれは、簡潔という視点からの絶対の探求という永遠の道行きにおける、言葉の、ほかに代えがたい詩の声の肯定である。

最後に確かめておくと、最初の詩集にあったのと同様、ふたたび裏表紙の表題に「広げる／傾く」tender と いう動詞が用いられており（「絶対的なものに傾くパンの皮」）、そのようにして三部作が完成したのだとわれわれ に了解させる。この作品を『三部作』と呼んだが、むしろ『三位一体』と呼ぶのがふさわしいのかもしれない。それとも、コン というのも、この三冊は、三冊の別々の詩集であると同時に同じ一冊の詩集でもあるからだ。それとも、コン セプシオン・アルヘンテは次のように言う。「これら三冊の詩集は、真実と美と善の探求、困難だが喜びに満ち た巡礼に向かう人間の一編の叙事詩として互いにつながっている」と。すなわち、絶対的な始まりから取り上 げられてきた古典的かつ永遠の三個の概念の希求である。

三冊の詩集の一体性を考慮しつつ、このスペイン語と日本語の二ヶ国語版のために選んだ詩の大半は、『わた しを支える光』が含む三冊の詩集からのものであるが、読者が読後にきっと抱くであろう関心を満たすために 数編の未発表の詩を加えている。サラ・プジョルの詩、文体においてはつねに一貫しながらたえず変容する詩 が、どのような道を歩んできて、どこへ向かうのだろうかという関心である。それらの詩では、フィンセント・ ファン・ゴッホに捧げられた「肉体の下のフィンセント」が特にすぐれている。というのも、それがサラ・プ ジョルの完全に新しい境地を提供しているからだが、しかし注がれる眼差しはいつもと変わらない。すなわち、 精神のものであり絵画のものでもある光に敏感な眼差しである。そして光、その源はおそらく、ファン・ゴッ ホがキャンバスを満たすために神秘主義的な恍惚にかられて想像した、まさにあの「日本の光」であるに違い ない。

詩の読解のためのささやかな案内

　表題は、サラ・プジョルの詩の世界観に近づくための扉である。最初の詩集の表紙と裏表紙にある表題には、ソクラテス以前の自然の四元素のうちの三つ—火、空気(風)、水—が現れる。このように始まりから、サラの言語が初源の探求のうちで親密に自然と結びついていることは暗黙の了解であった。この探求には、言葉そのものの本質と、その先にある詩人の自らの本質の探究が並行する。諸要素は動態にあり、たえず変化していく。火がその風を広げる。そして、風はその源に向かう。言葉の選択も動的である。例えば、tenderという語がその多義性(衣服を干す、向かう、傾向をもつ……)をもって、詩を読むときに変化に富んだ陰影を生む。この過程は詩集全体におよんでおり、そこでは詩の一編一編が、「存在の探求、その複数の意味と意味論的、統語論的、リズム的、個人的かつ超絶的な結合からの単語の再創造なのである」[9]。同時に、こうした言葉の両義性は詩の解釈に困難をもたらすが、しかし、そのせいで読者の気持ちを挫くことはない。というのも、サラの詩においては、「言葉の正確な意味は、それが引き起こす震えほどに重要ではない」[10]。このような超絶的なものへの精神の傾きは、写実的、挿話的、社会的、政治的性格を示すあらゆる詩からカタルーニャの詩人を解き放っており、そのことは、彼女の声がサンタ・テレーサ・デ・ヘスースにさかのぼる伝統のなかで、女性的なものの要求であることを妨げない。それは「政治的なメッセージにならず、まさしく詩に収斂される女性を肯定する声」[11]で

9　UCEDA, Julia: "Aproximaciones a la poesía de Sara Pujol", *Insula*, 683, noviembre 2003, pp. 23, 25–26.
10　CIPLIJAUSKAITÉ, Biruté: "Sara Pujol" en *Centuria. Cien años de poesía en español*, Madrid, Visor (Col. Visor de Poesía, 500), 2003, pp. 116–118.
11　同書。

あり、詩の伝統—サン・フアン・デ・ラ・クルスから、シェリーやノヴァーリスといった著者たちのロマン主義や象徴主義を経て、フアン・ラモン・ヒメネスやホルヘ・ギリェンに至るもの—をいたるところで密かに参照するだけでなく、「ポストモダンを超えさえする。間テクスト性が価値観の反覆や逆説を意図することなく提示される[12]」。

詩人自身、二冊目の詩集の最後で、あとがきの役割を担っている章「注と謝辞」にその詩学の手がかりを残している。「逸話は重要ではない—おそらくそれは、炎の燃えさかる心の祝福として、その熱情にとどまろうとする理性の饗宴として、わたしの関心を引くだけだ—。もしそれが、それにつきものの偶然性を超える生の体験であったり、それ自体の限界を超越する精神の体験であったり、世界に存在しそこにとどまるということの解釈であったりするのでなければ」。

ともあれ最初の詩集、『火はその風を広げる—風はその泉を広げる[13]』に戻ろう。標題における四元素の一つ、大地の不在が意味するところの意味は深い。火、空気（風）、水といった要素は、移ろい変化するものである精神の象徴である。それに引きかえ大地は、際立って物質的なものの表れであり、物質の世界であり、肉体と精神という古典的な二分法によって精神がそこに囚われる肉体の象徴である。この出発点（それは肉体そのものでもある）から言葉は、精神に届くためのただ一つ許された媒体（霊媒）として提示される。それは往還の過程である。というのも、御言葉が、神の御言葉が物質に生を吹き込んだのと同じように、言葉が肉体に精神を吹き込むとも言えるからである。

12　同書。

13　*Intacto asombro en la luz del silencio*, Ferrol, Sociedad de Cultura Valle-Inclán, Colección Esquío de Poesía, LXXXV, 2001, p. 116.

それゆえに言葉は、物質の闇を照らす精神の光である。言葉は肉体から生まれ、肉体そのものとなるが、そ
れは『沈黙の光のなかの無垢の驚き』に収まる詩の一編の表題でサラが述べる通りで、「言葉が始まる場所でわ
たしは始まる」。けれども、これは言葉自体の超越でもある。言葉は肉体の物質を、それを囲む残りの物質や、
現実の世界、すなわち自然と、そして最後に至って、〈存在〉そのものと、〈創造〉（世界の創造と詩的
創造という二重の意味をもって）と交わらせる。こうして、英語版の訳者ノエル・ヴァリス（ノヴァーリスか
ら借りたペンネームではないかと考えずにいられない）が語るように、サラ・プジョルは「言葉と、現実の世
界もしくは存在との差異を抹消しようとしている[14]」。

批評が再三にわたって示してきたように、このような詩の姿勢は、個人としての自我の抹消を通じて東洋の
神秘主義が広げた意識の解放という主題と結びつく。そのよい例が「穏やかな苦悩」であり、そこで詩人は自
分自身から遠ざかるために書くのだと語っている。

今宵わたしは、妄想を、バラで震える唇の狂気を
わたしから遠ざけるため、わたしの裡から追い払うため、
わたしの裡から春を追いやり、穏やかな隠棲の地で火をかき混ぜるために、
わたしは書く。すべてがわたしと無縁であり、すべてがどこにでもある鏡だ。

（『火はその風を広げる』より「穏やかな苦悩」）

14 *The Poetry of Sara Pujol Russell*. Translated and with an Introduction by Noël Valis, Selinsgrove, Susquehanna University Press, 2005, 123 pp.

しかしおそらく、サラ・プジョルの詩学をもっとも的確に言い当てているのは、彼女の三冊目の詩集における『ウパニシャッド』の引用である。「分別ある者は、言葉を思考に、思考を智に、智を〈生〉に、そしてこの〈生〉を〈存在〉の十全たる平穏に溶かさなくてはならない」[15]

サラ・プジョルの詩のすべて、そして一編一編がこの究極の目的に、すなわち、言葉を通じての〈自然〉との融和にたどり着こうとしている。つまり、同じものであるそれに。自我からの離脱。詩人の本質的存在と言葉それ自体との融合。存在することにととどまることの本質的な証明。〈神〉と〈自然〉との汎神論的な同一視。物質的世界の時間と空間の廃止。対蹠するものの解消。それに、個の普遍的なものへの、固有の全体への融合などである。それは神秘主義の詩に固有の方法であり、知的な過程というよりも愛と結びついた過程となる。すなわち、（サン・フアン・デ・ラ・クルスの言葉にあるように）「わからないままに理解する」ことを許す「愛の知恵」（ヨーロッパの神秘主義の伝統的な定義）なのである。

愛、時間の深さを超える石の深さ、
かまどの火の深さ、空間を超える翼の深さ

（『沈黙の光のなかの無垢の驚き』より「愛、時の深さ」）

15　日本語版は「悟性を持つ者は、発する言葉を精神に刻み、その精神を智に刻み、その智を偉大な〈アートマン〉を完全な〈アートマン〉に刻まなくてはならない」。スペイン語版では、「偉大な〈アートマン〉」が「〈存在〉の完全な平和」と訳されている。〈アートマン〉という語は本来「呼吸」を意味するが、しかし同様に、「生」、「自我」、「肉体」、「エゴ」、「存在」と訳すこともできる。

11

読者はまさにそのようにして、サラ・プジョルの詩に向き合わなくてはならない。それはあたかも愛のなりゆきに沈潜するかのようである。われわれはイメージのすべてを、その一つ一つを理解しようとしてはならない。われわれがなすべきは、言葉がわれわれの心の裡にもたらす反響に、そして同じく、まさしくそれらの言葉の初めて聞く結合から生じて、パンを黄金に焼く光のごとくわれわれの身体を覆う皮膚のうえで響く感覚のこだまに身を任せることである。

『火はその風を広げる――風はその泉を広げる』より

最初の黙想

二月が明け渡る。正午。時間は流れない。

そうやって互いを見つめ沈黙する水と静止の風のなんと美しいことか！

柔らかにわたしを呼吸しわたしの香りがする風、それはわたしを熟知しており、

わたしから魂を奪い、あとからそれを透き通った幸せなものにして

わたしに返す。風はわたしの心の干し草の野、

今静かで、解放された、わたしを満たす

この新しい樹液とこの寛恕の力に溢れる野を、身軽になったわたしを導く。

世界を前にした不動。柔らかく静かに、

その柔らかくて静かな世界の静粛さ。わたし自身に向かってわたしを導く

世界の不動、わたしはそうであったこととそうなるであろうこととの上を、

すべてから遠く離れて、すべてが遠くにあってなんと幸せなことか。夏、愛を深めて飛ぶ。

塩の土地、時間、距離、生。

言葉は視線だ。驚いて、わたしは眼差しを上に向け、

海がわたしを見つめる時の感動をもって見る。何という至福か！

そして、ヤシも、サフランの砂も、あの古い
あなたのオリーブの木も。ああ、主よ！音楽がわたしを畏れさせる。音楽がわたしを聴いている。
初めて、わたしはそうしたものたちの裡にあり、それらがわたしの裡にいる。わたしの心は
わたしの魂に満ち、わたしの魂は心に満ちた。
ああ、いつも外に求めた調和よ、あなたがこれほど近くにいたとは！
わたしたちを盲にし、相手も盲にする、
わたしたちをより深く傷つけ生に反する生とともに取り残す供物の盲目。
正午。時間は流れずにいる。わたしは自分を脱して彼へと向かう、
わたしは自分の存在を彼に負う。やっと、わたしが望んできた融和が叶えられた。

16

言葉の起源、土の芽吹き

ああ、甘い偶然、あなたがそれを選んだ。意図せず気まぐれでもなく、わたしたちの悲しみの時とわたしたちの喜びの瞬間！

どうすれば観念は感情を誘惑しながらそれを知らずにいられるのか？

どうすればあらゆる感情を、時間や年月の先を気にせず、生を与え、生を失いつつも、飽かずに殺していられるのか？

叫びをあげて、あなたがわたしの魂を砕いた拳をわたしは振り上げる、光のダンス。わたしは膝をつき、生に戻るのに必要な激しく強い嗚咽を土に刻む。

冬の昼下がりに春に育ったわたしを収穫した。

その時から、ことばがわたしを見張っていて、わたしはその徴を待つ。

17

そこにないものの上に手を置いて

夜が来て、わたしはその日にあったことを思うだろう。

わたしはただ見ていた。暁の青と昼下がりの明るい太陽を生きた。それだけのこと。その安寧を愛し身を焦がすなか、平穏を乱すものはない。

わたしは座った、目を閉じ、そこにないものの上に手を置いて。そしてわたしは、時が皮膚の上を軽く嫋やかに過ぎる様を、心臓の周りをゆっくりと正確に流れるのを感じた。時間は何も考えず、感じない。その平穏のなかで、その名前に感じられるもののすべてのうちに、その平穏を切望しながら震えるもののすべてのうちに捕らわれている。時間は過ぎるのではない、ただ流れる。己の生を持たず、そこにない苦悩に苛まれることなく、戒心もせず、海に、太陽に、暁に、夜に、生を与える。

その平穏はわたしたちを無防備で弱く奇異なものに変える。

その平穏はわたしたちの不安であり、わたしたちの憂鬱だ。

没薬の香り、孤独の香り

夢とそうなれなかったオレンジの木を焦がす没薬の

黒く薫り高い煙ほど悲しい憂鬱はない。

わたしたちがそうであったものを、きっとそうなれないものを、

愛しているつもりがまったく愛していなかったものを敏活に崩す没薬の黒い煙よりも。

金曜日の、風のなかの、その愛と忘却の

彼方で、はるか彼方で燃える、

コップで、芳しい孤独に囚われた目

──炎のうちのガラスである火を目撃した目──で燃える、

没薬が無を時に、無を葉をつかむ手に

すべてを無に変えるのを知らずに燃える冬の、孤独の香り。

よい音を立てるワインの壺、裸の肩、闇の盲、

わたしは冬のせいであり没薬の煙であるかのようにあなたたちとともにある。

わたしは永遠のせいで、傷の中心にある時のせいで傷ついている。

わたしは憂鬱を知らない。わたしはいつでも憂鬱とともに生きていた、

憂鬱に、郷愁に浸って、肩に郷愁を載せて。

今日、とかく、そうしたものたちを労せずにわたしの生から出立させた、

もしくは、おそらく、郷愁があまりにも強くて、郷愁とは何かがわたしにはわからなかったのだ。

存在という狂おしいまでの情熱、すべてのもの、あらゆる瞬間の存在、存在よ！

冬の昼下がりの白い煙ほど悲しいものはない。

わたしの名前の創造

オーロラが混沌から生じたなら。　光が闇から生じたなら。

言葉が盲目から、雲がワインから湧いたなら。

美が死の明晰な意識から芽生え、

真実もそこから滋養を得、愛もまたそうしたなら、

わたしの心は恋する黒玉の夜に生まれた。

わたしの体は、夜に執心する冬の正午に、

わたしの時は、夢たちが住まうバラ園で、

わたしの呼気は、垂れこめる霧のなか、燃える森の唇で。

石の孤独

わたしの湖は石と月からなる。記憶は赤い石だ。

月は唇と夢のあいだ、夢と谷のあいだの距離だ。

外には、子とも緑の月ともあなたが呼ぼうとしない子たち、

いつも他人の子たち、子供たちの戯れの聖歌隊。

かごの中で鳥が歌う、格子とカーネーションに囚われて。

風と血に囚われて、わたしは孤独に向かって歌う。

孤独よ、わたしたちの存在を希薄にし、影に馴染ませ、

あなたが嬉しそうにワシたちのほうへ遠ざかるのを見る時わたしたちを喜ばせる孤独よ、

誠実を、友を、日々の糧をわたしはあなたに約束しない。

わたしの道は愛だ。けれども、今日、あなたがいてくれるのがわたしには幸いだ。

けっして、わたしはあなたを拒まない、カーネーションの向こうに夫が待つとしても、

わたしが詩を書こうという時、あなたがやさしくかがんでわたしの額の雪に

その火で口づけるとしても、わたしの岸辺であなたが夜を撫でるとしても、

青く輝き、小麦のごとき記憶を持っているとわたしに思い出させるとしても、

この石と月の井戸が必要なのだとわたしに思い出させるとしても。

月の孤独

孤独よ、詩をなすことばに抗うことばとともに、

触れる夜の花と、花の、あなたの花とともにわたしをひとりにしてください。

白い、満ちた月が、黒いスレートの屋根の上に、

黒いカラスの上の白い月、一羽の月の白いカラスが、

月光に照らされた白い河と白い石の上に、

真夜中、夢に触れる月の鐘の上に。

きっとわたしが考えているのではない。　触れられるもののことなど思わないから。　それはまるで

小麦が、河が、石が、あるいは月がわたしの裡にあって、

こうしたものたちを思い描けないかのよう。すばらしい！わたしの体の

広がりは、時と場所を占める、わたしの精神の広がりだ。

平和。わたしは自分の幸福を、それを求める開かれた胸にゆずろう。

ふたたび、鐘が歌う。それはわたしの体内に、わたしの呼気のなかにある真夜中。

24

眠る告白

何年ものあいだ、わたしはまどろむ雪崩の上で眠っていた。水が流れていた。新しい雪、土が甘くする塩辛い雪になろうとして、水が海に運んでいた美しい滝に。おそろいの春たち。何年ものあいだ、わたしは光から逃げながら、光の本質をいつでも求めて、黒い飛翔で間違った方角へ飛ぶ黒い鷺のくちばしの先で生きてきた。

わたしはさ迷った。わたしの血を振り回すわたしの翼の悲しみいかに深いことか。わたしはわたしを求めて、あなたを求めてさ迷った。今日、わたしが覚えているのは、あちこ

ちの沼地、カラスたち、いくつもの肉体、ワイン。

今日、わたしは自分の歳を思い出し、落ち葉の震えが詩句で燃える。今や、わたしは軽くて幸せな魂となる。わたしには飛ぶ必要がない。ゆるやかな歩みがわたしの向かうところにわたしを連れていく、穏やかな場所ならどこにでも。そこで、愛よ、あなたは、道や嵐を静め、わたしを静め、風車小屋で痛めつけられる小麦を静める。

高みにあなたの姿を求めたけれど、あなたはあまりにも傍にいた。光が闇に生きる

わたしの目をくらませた。今、わたしは光のなかに生きて、何ものにも思い焦がれない。

この上なく美しい現実に、登っては下る幸福な旅人よ!

もはやわたしは谷に降りていかなければならない、わたしが生きるあの場所に、優しいモミの木々、

豊かに茂る松林、より激しく感じることとより深く考えることがわたしを待つ場所に。

頂からゆっくりと下り、わたしが耳を傾けるのは、最初の

コオロギたちと最初の喜び、そして生がわたしの裡で

変化し、魔法のように、その快活なリズムでわたしを変身させる。

わたしは頂をじっと見つめる。そこにあるのは、ブナ林と雪とそのワシたちだ。

穏やかな苦悩

今宵、妄想を、バラで震える唇の狂気を
身から遠ざけるため、身から追い払うために、
春を身から追いやり、穏やかな隠棲の地で火をかき混ぜるために、
わたしは書く。すべてがわたしと無縁であり、すべてがどこにでもある鏡だ。
遠くにあることと近くにあることとは同じ一つの月の翼だ。
愛と愛の不在は、今、同じ一つの炎の夜となる。
つなぎ合わすものすべてが、分かち断つことをわたしは知っている。分かち断つすべてが、
同時に、つなぎ合わせることを。そして、そうやって、生をつないだり、
分かち断ったりしながら、穀物を混ぜたり種をまいたりしながら、わたしたちが生を生きることを。
それは避けえない。均衡を求め見つけることは
できない。愛は、痛みに無感覚なままのわたしたちを、
曙光に渡すために身から切り離す。曙光はわたしたちから
分かれ出て、わたしたちを聖油で清めて愛の欠如に戻す。
愛の欠如はわたしたちを唇から隔て、雨の傍で、

27

声の傍で、道の傍で、虚無のなか自失して大きくなる虚無の傍で、
さらに広がるバラ園へとわたしたちを変える。
一歩踏み出すと、わたしは海を後に残し、背中の傷の
重さを、額の空の重さを感じる。そして目には、
穂の残り火。わたしは歩くことも、見ることも、
もはや、思い出すこともできない。わたしは思い出すこともならずに、忘却を拒む。

空間と時間

石が水に落ちて水が震えれば、時間の源になる。水のしずくが石に落ちて震えなければ、空間が生まれる。水が水を破れば、人間が現れる。始まり。海に目を凝らす大窓、揺れる鏡、真実の集まる広場[1]、反射する像、冷たい影たち、石のように深いリンゴ。そして人間は、嘆きの針、鋼をなめす泥の針は、足と魂でいくつもの太陽をなめす。そして人間は、ビャクダンの花、諸々の夢の投げ槍、叫び、溺れ谷[2]、アザレアをむさぼる鹿、詩句に入り込む傷だ。わたしは始まりを思う。自分を見せても、自分を見ないもの、影のない樹に育つ言葉。石がバラの上に落ちても、バラは震えない。それが永遠。

29

『沈黙の光のなかの無垢の驚き——ハスの沈黙、バラの光』より

新しい思い出

溶かせ、思い出よ、知識とアカシアを溶かせ、風と
接吻を、言葉と草原を、草原とワインと哀れみと笑いを。
溶かせ、感じることと考えることを、飛ぶことと涙に隠れることを、
空気と鹿の乾いた口の中に涙を隠すことを。
思い出よ、川の息子よ、あなたを支えることを。
森のなかの焔、傷ついた大地、そして詩句の震え。
あなたを支えるのは、美—それは歯の霜のように、
腰のくびれの壺のように、腕に抱えたカーネーションのように痛い—
イトスギの錘の痛み、脇腹の錆の
恐れ、桜の疲れ切った甘い皮、
ギンバイカ₃の乾ドック、そして胸の愛の岸。
わたしたちはあなたを支える、夢を断つ剣の聖杯のように、
人間の祈りのなかにいくつもの悲しみを探す風のように、
生を倍に重ね死を超える高くそびえる峰のように。

思い出よ、川の息子よ、時間の父よ、溶かせ、最大の高みと
あなたのガラスで微睡（まどろ）んでいてはいけない。あなたが愛する孤独な自我にわたしを溶かすがいい。
思い出よ、そこに存在しないものたちの悲しい入り口、曙光の長い排水路（はい）よ、
泣くわたしと風の肩で笑うもうひとりのわたしに。
歌うわたしと生の意味を解くもうひとりのわたしに、
わたしを溶かせ、思い出よ、わたしとわたしを観察するもうひとりのわたしに、
魂との出会いの歌にある言葉と詩句を。
海とこの煙の格子窓と鳥たちと言葉を、
溶かせ、咲くものすべてを、苛まれるものと真実を、
思い出よ、わたしの数多（あまた）の夢の放蕩息子よ、わたしの口中の寝床よ、
溶かせ、そしてわたしは手も額も測れずにいる。
この額を、
この川を、バラに絡んだこの不安と手に降りてくる
喜びと光を、弓と軽さとアヤメに繋がれた
毒と憂愁と夢の聖なる葉を、
溶かせ、蛇の卵と後悔を、深さとリズムを、
休息を、試みと名前を、流れるものと瞑想しないものを。
愛を、島と苦しみを、続けることと横たえられることを、天秤と

愛、渇望の深さ

愛、時間の深さを超える石の深さ、
かまどの火の深さ、空間を超える翼の深さ、
夢の木の露によって、

果実と喜びのあいだに囚われたオレンジの花によって、
泉に上がったり、飛んだり、霜と
無邪気の碗で、パンとミルクの碗で、

その深さを求めてアヤメのなかを走る額で止まったりする言葉によって深まる、無垢な深さ。

愛の愛、人間の穏やかな見晴らし台よ、わたしをあなたの目に載せなさい、
もう一度あなたの夢に載せなさい、なぜなら愛を満たすものは何もなく、
森の風さえ火には十分ではないし、

手でさえもあなたの風で火を付けなければ、存在の手にならないのだから。
わたしを載せなさい、雨の胸に、月のさくらんぼで
開かれたあなたの平和に、完璧なまでに整えられたあなたの声に。

穏やかな思考にわたしを載せ、わたしの額を感覚に降ろしなさい。

愛、わたしの深さの深さ、身体の東、暁の北、
わたしの血の格子扉にある塩、数多の驚きの鉄格子にある蜜、
わたしはあなたの裡に自分を探す。あなたの枝の穏やかな対称の裡に、
美の力の裡に、時間が経過しないあなたの時間の裡に。
わたしはわたしの裡にあなたを探し、あなたの沈黙がわたしの沈黙に答える。

籠る驚き

感じるのと考えるのは似たようなことだ。わたしが予期するように

思い出の光ではなく、夢想の格子窓の五月の光に照らせば。

沈黙と水は似たようなものだ、土と沈黙は

よく似た形をしている、同じ緑、同じ花たち。

人生はたいてい、孤独の同じ川に

愛と力を集め、魂の寝る場所で待つ。

わたしは驚きに籠って、橋とバラの木々を脱ぎ、

自我と巣のあいだにあるのを感じて—感じることと考えることとのあいだ、心に思うこと—

オレンジの花たちの夜から月のアカンサスを引き抜きながら

言葉を見つける、望みの痛みに花を咲かす響き渡る望み

—そして、愛は姿を隠す。愛をいつも探し求めて見つけられないことが、

夢の高みで石と月のあいだに眠る愛を見つけることこそが愛だから—。

肉と骨のあいだに—夕暮れを見つける。いくつもの玄関とアカシアのあいだに

涙を。そして、やさしさ—ああ、このやさしさ—を風と時間のあいだに。

詩句―ローズマリーの庇護、澱んだ高い水―のあいだにわたしはわたしを探す。

わたしを探し、もう隠れず、わたしの腕の川も、

体のどこかに失くしたわたしの手も、土と槍のあいだのわたしの足も、

ある名前とその沈黙のあいだの小川―生の沈黙―も隠さない。

わたしはわたしを夢みる。夢が意味を持たなくなった時のため、あるいは、眠る魂の、

目覚めた魂、和解の、魂を感じようとする魂の知識となるほどに

大切になった時のために夢見ることは美しいから。

感じること―ワイン入りのジャスミンのキルケー―と考えること―火の

サフラン―と夢みること―黒玉の生きている数珠―は似たようなものだ。

夕方とバラ窓は同じような光、手のようなものと魂は

庭で起こる同じような笑い声、パティオに咲く同じような花。

わたしたちのは同じようなもの、コナラ、水瓶、動かない泥。

五月―時の格子窓、裸のもののうちにある

白く穏やかな小麦畑―のように、存在が言葉に近づき、その夢に届こうとする。

4

唇

唇よ、満月、忘却の地、大気の始まり。

唇よ、無時間のバラの頂、生の小川、

夢の運搬夫は近づいて

彼らの空っぽになった沈黙の背嚢を、彼らの長い夜をあなたのなかで休ませる。

唇よ、穏やかな苦悩に横たわる者の穏やかな寝台よ、

あちこちの橋ではいく度もの夏と泉のあいだで九月を迎え、

水が驚きを渡り、群葉は言葉となる。

（わたしは水瓶ではなく、魂を抱えて泉に出かけ、

夢の狩りを目撃し、唇が震えた）

唇よ、軽さの噴水、光の鹿、言葉の泉よ、

人間は小道や飼い葉のなかで燃え、あなたの裡にその疑念と

その恐れを宿らせる、涙の宿、その火はあなたの深さに火をつける。

唇よ、孤独の野、名前を誤った孤独、

あなたたちは一度も誤謬を犯したことがなく、愛をそれらの夜明けのゆえに

咎めもせず、愛をもってやさしい別の愛で癒す。

唇よ、あなたたちは雨の収穫、手を縛る思考を
五感で解放し、その草原で大地を嗅ぎ、
血のオリーブの木で諦めに触れ、空を聞き、
事物の外貌を見て、硬い真実を味わい、
苦味が非存在であると、その非存在なしに何も存在しないと知る。

唇よ、あなたたちは口づけし、噛み、嘘をつき、奪うことができる……夢を見ることも……。

唇よ、葦が生えずに苦悩している森、競うことのない平和の
マドリガル、予期せぬことが起こる場所よ、どうか期待が
満たされるように。日陰と陽光の庭。生がいかほど満たされていることか！

唇よ、夕暮れのゆるやかな祈りよ、あなたたちのさざめきも、
あなたたちの澄んだ本質も、あなたたちのやさしい時間も、
永遠たる月のあなたたちの出来栄えも知らない他の唇に、隠れないで。

唇よ、わたしの痛みよ、すべてはあなたの裡にあって、わたしにあなたを統べる術はない。

あなたが夜の川床をわたしに求める

あなたが篝（かがり）の歌をうたってとわたしに頼み、わたしは篝に
ここにあるわたしの心の壁のために小川の歌をうたってと頼む。
壁は長く、煙のように高く伸びる。音楽が
わたしの無数の無のゲームである理性の上で鳴る。
篝の父よ、わたしは無数の沈黙の歌をうたう、歌が生まれるかもしれないから。
言葉の母よ、宇宙の娘よ、わたしはいくつもの孤独をうたう、
沈黙が騒めきながらわたしの心の壁にたどり着くかもしれないから。
わたしはやさしい気持ちで、そのやさしさは自らがやさしさだと気付いていないけれど、
夜が訪れるのを待つ、暗闇では光はいっそう明るくなるから。

41

開くために閉ざす

わたしはバラを開くためにパンを閉ざす、平和を開くために茎を
——平和は、わたしがわたしの血のなかで開き叩く月と騒めきのザクロ、
手となる言葉に開き、夢になる石のうちで叩く——
光を取り戻すわたしの飢えを開くために、わたしはフクロウの飢えを
閉ざす、夜に留まる平穏を開くために、色を閉ざす、
なぜなら、暗闇で、サフランと舌がわたしを驚かせるから。
裸になるためにパンに、森を開く肉となるために
芝生に、無垢にわずかに触れる肌となるために泉にわたしを閉ざす。
木々の葉で、思い出で、せせらぎに身を置くことでわたしを育む
束の間の時間となるために、時間——真っ白い牛乳、
花たちを、額を、ナイチンゲールを、
美を育む光の碗——に、わたしはわたしを開く。
火になって——炎にではない、炎はいつも外から来るものだから——わたしはわたしを開く、
今いる場所でわたしにたどり着けるようにわたしの感覚を開く、

詩を開くために手―パンと水の手―を、わたしは閉ざす。

沈黙が虎たちに芽吹く樹枝の肉となるようにサクラにわたしを開く。

わたしの魂となるようにスギに、わたしの身体の肉となり

光が詩行に入る

光がわたしの身体に入り込む、苦悩が、愛が、雪が、
そしてわたしから遠のき近づく。それはいつも同じ苦悩であり、
同じ愛であり、同じ光と雪だが……、身体は違っている。
身体がそのままであり、同じ光と雪だが……、身体は違っている。
スモモの葉に触れられないなら、花開いた白鳥が
愛の身体がその高みを他の身体の高みで、その生を他の肉体の生で
生きるだけだというなら、どうすればすべてを引き留められるか。
わたしが雪のなかにただ二つの黒い目を、あなたの夢のなかに
手を持つだけなら、どうすればこれまで以上にあなたを生き、あなたを感じられるか。
わたしにしかない血がクロウタドリと恐れの種を蒔かれているだけなら、
わたしがどこかに信仰の小川や、背中を、いくつもの海で、
群れで、オレンジの木々で――なぜ?、あなたの昼下がりに
あなたから残るものをあなたのなかに探している――、
永遠を重ねる背中を降りていく郷愁への壊れやすい扉を持っているなら、

わたしがただどこかに泉をしまい込んでおり、あなたの手で、
太陽と、わたしの身体と、陽が射さない孤独を覆うことができる、
あなたのやさしい森とやさしい胸のはっきりとした名前の手で覆われた
雪の積もる庭の思い出が欲しいだけなら、
どうすればもっと強く、昼下がりに、水に、ヒバリに、空になれるか。
愛と美が結びつくなら、どうすればあなたと一緒にわたしのなかでより多くのものたりえるか、
混ざり合ってしまわずに、同時に飛翔と横臥するなかに溶け込まされてしまわずに、
どうすれば魂と肉体たりえるか。
愛よ、わたしが肉体の分かつ夢をひたすら抱き、わたしの肉体が
粒となりあなたの夢に散るとしたら、どうすればより多くのものたりえるか。
すでにわたしの生がわたしの額を通じて鳩たちのなかで開き、わが家の火が
すでに川を、一人の男を抱くなら、どうすれば他のものにならずにより多くのものたりえるか。
光が詩に入ってきて、肉体と魂と昼下がりはそれぞれ別のものになる。

45

言葉が始まる場所でわたしは始まる

言葉は口のなかで鹿のように始まる、草むらの
泉のように、風のなかの火のように、夢中の風のように、
鹿の口のなかの大地と炎のように、サクランボのなかの
一個の石ころのように、モミのなかの水のように、声のなかの
水と野のように、確信した声のなかの不確かさのように、
広がった痛み、目のように、過ぎていない夢のように、
過ぎ去った時間のように、過ぎ行く沈黙のように。

言葉と沈黙、苦痛、アヤメ、サフラン、風の家、
苦痛の家、胸の光の施しと富、
母を同じくし、一本の木の額を、バラたち
――わたしがふたたび一つになり、川が木を運び、バラが魂を運び、
わたしが恐れに分かたれるのを見るなら、どうすればあなたたちを集められるというのか
の魂を分かつ同じ一振りの剣の光、
その中心には、無のなかで心揺らぐすべてが示すあの過ぎ去り方で、

苦悩が過ぎるように過ぎ行く生。
言葉よ、剣の中心にあるわたしの剣からわたしを救え、
沈黙のなかで酒を飲みもしない名前たちの闇から。
沈黙よ、わたしの言葉の口のなかのオレンジの
花とならない、わたしの手の口のなかで
光とならない、火の純粋な肩の風とならない石からわたしを救え。
言葉よ、鹿のように、泉のように、もっとも明らかな確信にある夢のように、
わたしが始まる場所であるあなたのなかだけで、わたしは救われる。

47

青い花のなかのハスとバラ

クリスマスの聖譚曲。宇宙の秩序とバラの光のなかの

ハスの、ハスの上にある生命の秩序。

わたしが思い出に口を付けてやると、黒いものが降りてきて、そよ風、平和、充足のように

わたしは上昇する、泉の東の湖、パン、充足のように

わたしは上昇する、超越はもはや傷つけない。

宇宙の聖譚曲、松たちは言葉と火になる、

そして空気は風に澱み、水は

自身のユリに止まる。平和、サクランボのジャスミン畑よ、あなたたちはわたしの探求を

もう傷つけない。わたしはそよ風となって自身の裡で自分に向かって上昇する。

わたしはここ、わたしの沈黙と光のあいだに、ここ、人生の前に、

ここに、君と輪とともに、わたしの幸福よ、わたしの麦の家と空腹とともに留まる。

わたしの空腹、輪から輪へと上に向かう、わたしの雌馬の空腹、

わたしの空腹たる空腹。わたしはわたしの手に安らげよう、葉は新しい、

わたしはわたしの詩句に憩える、わたしはわたしの手の指で尺度に名前を授けられる、

夜ごと、月が、中心に向かうわたしの雨に。

わたしには言える。峰々のゴシキヒワの過剰、キャンバスの

美の過剰、わたしの幸福にあなたを捕らえずにいることの不足。

おそらく、苦痛と幸福。おそらく、山と山々の陰。

おそらく、わたしがわたしの心に入り、フルートが羊毛と光のごとく

燃えた枝となって壊れたのだろう、そして、わたしは時間のなかで三度燃えた。

わたしは空気と水を否定したが、バラを否定しなかった。沈黙のなかでより深く愛し、

より多くを言い、よりよく知るために、バラのなかで

さらに苦痛を与えることが必要であったなら、正しかったなら、何のためにそれを避けるのか？

わたしはそよ風のなかでわたしの痛みを、詩集を洗った、そよ風のなかで

わたしを支えていた手とわたしを否定していた煙を洗った。

否、わたしの体よ、わたしは一度もあなたを拒んだことがない、

二度も同じ水のなかにわたしは浸った、その源に

戻って泉に開いているものを閉ざす水に。

二度も同じそよ風のなかにわたしは

二度も同じ水のなかに、二度も同じそよ風のなかに

それは命とお茶の水、魂の裡の命の源泉だ。

二度も同じ愛のなかに。それは孤独、青い花である時間。

静穏よ、あなたを穏やかな果実のなかに見つけるのがいかに難しいことか！

そして、わたしは夢のなかでハスとバラの夢となって昇華する。

すべては沈黙の香り

そしてそれは冬、言葉は香水のようにゆっくりと束の間に燃え、
わたしは見つめる、意識はそこになく、ナイチンゲールの舌の
柳の枝を、すべては永遠に、言葉のしなやかな柳になり、
すべてが明るくなる、感覚の秩序である、
沈黙のその明るさで、音に降る雨の
明るさで、あるいは樫の上の永遠なるものの明るさでもって。
冬、黙想は開花したアーモンドのようにゆっくりと
燃え、世界は雨の匂いがする、沈黙の石の、
パンと光の雌馬の、風、草に吹く風、
霜のただなかで吹く、果樹園と手の香りを、
美の、黙想の香りを、大地の香りを残す言葉の跡に吹く
風の舌のうえで響く沈黙の匂いが。
アーモンドに水を遣れ、光に水を遣れ、石に水を遣れ、
沈黙に水を遣れ、石の凝視に燕麦を、
石に燕麦を、

光に水を。すべての知識は始まりにあるのだから。

沈黙に燕麦と水を遣れ、凝視に燕麦を。

それはわたしの平静なのだから、それはわたしの感覚の石、

壁に置かれたわたしの時間の石、わたしの夢の石なのだから。

凝視、バラの木とスイレンの書物、カバノキとアカシアの

葉……わたしは美に沈黙を見る、光を見る……

そして言葉が白い石で燃え、わたしはサクランボとなり石となり風となる、

樫の緑の大地やナイチンゲールの樫となる、

鹿の小麦に、空気と水の火に、柳の火に。

わたしは見つめる、意識を。わたしはあなたを見つめ、隠れ、姿を現す

石には中心の匂いがする、中心には冬の明るい光の、

感覚の時間の、感覚の裡の永遠なるものの時間の匂いがする。

空気のなかの和解。わたしは見つめる、存在を凝視し、

野と肉体にある視線の存在でもって、

わたしの木の葉を舞い上げわたしの名前を包む風とともに。

わたしは見つめる、あなたはわたしを見つけられない、凝視、わたしの目は

太陽と月だ、小麦の茎にある手は、始まりも

終わりも持たず、霜も降りない、手を合わせるための手段だ。
わたしは見つめる、あなたはわたしを見つけられない、凝視、風とポプラの
わたしの目、暁の肩の孤独、沈黙を掻い撫でにする声、
石のわたしの手のなかの、燃える、サクランボと静寂。
それは冬、言葉が静かに燃え、すべてが沈黙の香りを放つ。

『不足に「はい」と、オレンジに、
パンのサフランに「はい」と伝えるために
——絶対的なものに傾くパンの肌』より

創世記第一章 5

人間、彼は自身をいかに、月の群れに囲まれた不完全な存在であると、ミルクと砂糖の噛み傷であると、月と月がひび割れる面にある緑色のサフランの剣であると、目が四筋の川を、大気の澄んだ草原全体を溢れさせなくても人間がそれで満たされていたなら、目が人間の大地であるために水で満たされていたなら、その目を潤ませてやれる、物乞いのいかなる匂いであると感じたことか。

ああ、心臓よ、緩慢よ、大気が大気とそのイチジクと露の心臓を示す、それが五感にとっていかに豊かなことか、蛇を開くことで開き、歴程を開くことで閉じなければならない魂にとって、ワインとバラたちのいかに愉快なことか！いかなるスイカズラが人間に問うたのか、いかなる赤銅が、いかなる水の王子、エッチングが、水のなかで自らを見つめようという時、身をこわばらせて甘美に走り、崩れて郷愁にかられ戻った粘土にしみ込んだのか？

そのあと、いかにして露へとたどり着き、変わらずにあり続ければよかったのか?

恒久たる人間は、何を感じ、瓶の、胸の水差し、

空腹の沈泥の水差しにある月桂樹のいかなる噛み傷を、

そこから歌が分かれ出る、剣のいかなる噛み傷を感じたのか。

ああ、わたしの心臓よ、人間は大気をいかに完全なものに、いかに薫り高いものに感じたことか、

そしてイチジクは、心臓よ、住処のいかなる震え、あなたと水のあいだの

なんという隔たり、剥奪を、願望と願望を鎮めるものとのあいだの、

露とフルートのあいだの、バッカスの杖のなんという隔たりを。

人間は何を感じたのか、いかなる非存在の、空を向きいかなる鉄さびの震えを、見つからないいかなる名前を静脈に

感じたのか、空を向きいかなる鉄さびの震えを、豊富なブドウ、

トネリコのなかのその崇高な諦観に対してその顔を沈めた、

隔たりを欠くもののいかなる震えを。

自身から切り離されずに、美に満たされずにいるため、

人間は何を感じたのか、木々のいかなる踊りが、沈黙を命じなかった

刃先を、泉の草のその心臓をつかんだのか。

心臓、歌のなかの歌、パンのなかのサフラン、

理性から草へ、草から魂へ、魂から鉄へと、

——剣はどれほどの苦悩を見なければならないのか——、向かう草の物乞いよ、月桂樹だけが燃やすことのできる魂の家にあなたはたどり着けないだろう。谷が詩行であって、水路のトネリコも詩行であったなら、キイチゴのなかの真実が白いキイチゴのなかの白い詩行であったなら、詩行のなかにありながら、八倍も月であり、ミルクとパンの八つのイチジクであり、夢中の八軒の家であり、水中の一筋の小川であったなら、人間は何を感じただろう。干し草が美しく、風のなかの魂が月であったなら、キイチゴが美しく、名前を望まずにいることが喜びの倍数であったなら、空の光すべてが水であり、沈黙のなかで水なしにいることが喜びの倍数であったなら、人間は何を感じただろう。

　ああ、心臓よ、あなたはハチドリと白鹿とのあいだにおり、その二つがわたしに滋養を与え、一つだけがわたしは二つの空腹と二つの泉のあいだにいるのか、ああ、永遠よ、いかなる渇きがあなたたちを結びつけるか、一つだけがわたしを照らす。ああ、時間よ、ああ、永遠よ、いかなる渇きがあなたたちを結びつけるか。どの水差しにあなたたちはいるのか、その姿を崩さずにどこに水差しを見つけられるか、いかなる情熱が人間に活力を与えたのか、いかなる干し草がその肉体に身を任せたのか、ひびの入ったいかなる水差し——それは何か、永遠か?——が、夜と嵐——それは何か、時間か?——を立ち去らせたのか。嵐はもはや己を逃れて走り、その横腹を遠ざけ、己から舞い上がれなかった。

人間は何を感じただろう、いかなる眉を通じて、いかなる脈打つ大気を通じて、空が彼のなかに入ってくるのか、誰が風たちの父親なのか、誰が、何が人間なのかをもはや知らなかったとしたら。孤独は木の匂いがする。

人間、世界の住み処だった人間よ

人間、世界の住み処だった人間よ、鳥たちの心は
あなたの魂に分け入って、二つの飢えとあなたの渇望のあいだで
ブドウとして収穫される
肉となる。わたしは言おう、何ものもわたしを惑わせないと。わたしはサクランボの、
白鳥の香りが漂う夕暮れを感じる。
あなたの筋肉の何とも何とも張りつめた光、人間よ、
暗がりのなかで育つ何とも何とも張りつめた闇よ、
いかにも冷たい森の罠、空はどこにいったのか、洗濯女の子よ、
わたしは言おう、言葉よ、わたしの肉体を二筋の川のあいだに通せと。
すると沈黙が、パンの摂理が肩に鳥を開く。

どのくらい時が過ぎたか、わたしの詩句よ

どのくらい時が過ぎたか、わたしの詩句よ、あなたはいないのに、わたしの裡では、籐の夜に

わたしとおり、何事もなく、もっとも

美しい出来事のごとく、雪と卓に載るパン、

あなたの透明な目覚めた目、空腹、そしてわたしは眠りに落ち、あなた、傷ついた

無垢をまとう超越の子、あなたは

無垢となり、そしてわたしは野のブロンズと渇きのせいで傷つく。

どれほど渇いているのか、わたしの詩句よ、騒めく葉とアヤメに、

晩餐の時、最後の晩餐の時、小麦と、花々と、

そして小麦の音楽を運び去った昔日の最初の雨のなかで！

それは沈黙となった、炎に包まれた昔日と雌馬の涙でもって、

わたしの雌馬、わたしの魂、わたしの沈黙、わたしはブドウを精神で

葉を肉で満たした、そして小舟を、数えきれないそよ風の神で。

どれほど渇いているのか、詩句よ、わたしを超える子よ、あなたの騒めく

血に、あなたの声の宇宙に、あなたの芳香の弧に。

ああ、わたしを多様なものに結び付け、わたしを川から遠ざける激しい渇きよ！

沈黙が生まれた、ナイチンゲール[7]のオーク、黄金色の

髪のオーク、光のナイチンゲール、光のギンバイカ、それ自体の

美と果実、それに風についての言葉である家のための果実。

どのくらい時が過ぎたか、わたしの詩句よ、あなたはおらず、わたしの裡に、あなたの沈黙はない、

それは、自身がもっとも必要とするものなのか、自身の暗いもの、

クラゲたちの沈黙のなかで、生を掲げる光の創造なのだが。

あなたは、森を照らし言祝ぐ水の創造となれ、

あなたは、わたしの裡で、山と、あなたの光のもとで鶴となる山となれ、

パンと米となれ、青葉と曙光の情景となれ――

そのあいだわたしは、ブロンズの肉体と魂の歌であるわたしは、あなたを見つめる。

わたしはユリを見る

苦悩を生むのは無ではなく、無を生むのは苦悩ではない、

そうではなく甘美の意識、存在しないという意識だ。

他なるものの裡にありながら、他なるものの風でありながら、その風を感じずにおり、

他なるものでもなければ、その風でもない。その風ではなく、

初源の風が、始原と無が、

あるいはすべてが、発話の家にある甘美が触れるのを感じる。その家では言葉が

源に、この小川に、この両手に戻ることを求めて苦悩する。

その大きさで、わたしの大きさで世界を創り出す根源の

苦悩に、言葉そのもの、高い樫の叫び、

光、復活、実物大の世界を創る言葉、

実物大の言語なる言葉に戻りたいと。

苦悩を生む無でなければ無を生む苦悩でもない、それはやさしさの広大な意識、

やさしさの道行き、母、上る

白壁のわが家、ユリの花、存在の意識、下る詩行、

憂鬱、その手がわたしを支え、わたしはユリを見る、

わたしは耳を傾け、転ぶ、存在の光がわたしを雨中で立ち上がらせる、

やさしさ、苦痛、春の祭典、平穏、

母、あなたとわたし、ことばのパンとミルク、苦悩、

言葉の白鳥、波に重なる波、樫の無のなかに。

苦悩はない……。パンとミルクと手がわたしを雨中で立ち上がらせる、

そして愛は驚きの沈黙。

存在の祭壇画

彼は目覚めたまま夢を見て、自分をうたう歌になった、
森に、わが身からオーボエに、木材
そのものに、息とその欠如が抜けるそれぞれの穴に、
息そのものになった、そして自分が人間であるという夢を、昔の海の静寂で、無数の恋人たち、
無数の男たちと、水のなかではなく、
手中で燃えるすべての息のなかにあって、自分が森であるという夢を見た、
ただそれだけ、そこで自分をうたう歌になったただ一杯の昔のお茶があるだけ。

永遠とは何か

永遠とは何か。わたしは知らない。光の尺度も、

影のそれも、桃の木の尺度も、

空に逃げる野雁の尺度も、

硫黄のそれも、青い空のそれもわたしは知らず、そして

リンゴの木陰のモモの花の肖像画を、

高潔な額(ひたい)の楽譜を、心の

源泉にある窓を、わたしたちを照らさないもう一本の木

——わたしたちを照らさないのはいかなる木か、それはどこにあり、陰の下にて
　　時間の尺度で、時間と永遠の融和のなかにある存在の存在、わたしたちを純潔にする
　　苦悩と従順の尺度で切り倒されるのか。

愛よ、人間のための光はそのようなものなのだろうか、それとも別の光が膝に差すのか——

の深淵を、モーセの揺りかごにも、語られた水、騒めきも不足もない

その水が残す隷属の光にも、深い降臨節[8]にもわたしは見つけられなかった、

なぜなら岸辺を世界だと、鳥を空であり飛翔であると見まがうせいで

——ああ、言葉の手で震えずにいる家の嘘よ、

ああ、歌よ！——思考のおかげで水が残す透明な光にも、

燃えて愛の沈黙を残す透明な光にも見つけられなかった、

なぜなら愛は、それが沈黙であるとして、動脈を炎に、

むき出しで孤独な土からなる穏やかな雨に変えるから。

　——ああ、水を裂く虎と等しい力を持つ存在の存在よ、

それはバナナで森を燃やす、自らの体内にバラを燃やす、

苦悩し、影の独奏を膝に抱こうとする

聖トマスの創（きず）に入れた指で雪を燃やす、

ああ、無常の大いなる輝きよ、

ああ、わたしに欠けたもののうちにある永遠の痛みよ、

ああ、信仰と精神の力（わたしは時にその高みに身をゆだねる）を

分ける凄まじい痛みよ、

悟りの囁きに竹と指と創が残る。

ああ、わたしの痛みよ、竹に、指に、創に浸かる——。

ああ、歌よ、水が思考を頼りに残す透明な光のうちにもない。

そしてこれが、母とわたしの脈拍にふさわしい尺度しか知らないまま、わたしの裡の

火と火のなかにわたしが求める光だ。

わたしはわたしの尺度も、わたしの輪も、わたしの息も知らない、ああ、静穏の裡に、

水のように、時間、すなわち小舟が生まれるあの親密な泥のように

まだ名前のないものの裡にある愛。

愛よ、あなたのなかにわたしがいる

雪の夜について考えたりしない。暗闇を嗅ぐ、暗闇
で光を、身体を嗅ぐ、言語のうちにある変わらぬものを、わたしに名前を与え、
まだ発されていない和声
のようにわたしに届く、風のなかでわたしに届き魅了する愛しい身体を。
わたしは花咲かすオレンジの木を感じ、開いた静脈を、
子供たちを、燃えるものを、そして言葉を感じる。身体について考えたりしない。
それは嗅ぐものだ。

探し求めるあなたたちにわたしは語りかける

わたしは語りかける、あなたたちのおかげでそこにあるものを、あなたたちが受精させて
そこに残るものを、変化するもの、光を、根源的な無を意味
に変えるもの、名前も
収穫も持たず、魚たちから、石から、オリーブの木から、脱穀場で、玄関で、甕で
息ができるように、葡萄から血が流れ出た瞬間にグラスとなったわたしが息するように、
新たな生気を与えるものから奪われた名前の
裡の深奥に雨を抱くものを
探すあなたたちに。世界を、
リンゴの空間と存在を救うためには、ただ一つの名前、リンゴ
のアーモンドのなかで、育つただ一つの名前、罪への嫌悪の外にある一つの名前、
冷たさに切られた、一つの深い名前、そう愛の条裂があれば、
きっと十分なはずとわたしは感じる。
というのも、光は泉での愛の交換と鞘であり、
そして、愛は光なのだから、しかし、泉にて毎日新しい光の必要を

生む、毎日光のために光を生む、しかし、それは
光の欠如でもあるのではないか。
わたしは語りかける、鞘を探し求め、散らばった実に気づくあなたたちに。

永続するものが留まる場所へ

進む、越える、雪を、眠るものを、恐れを知らないものを、

恐怖を、ライラックを、肉を、言葉にしがたい善を、愛を、

光を飲み巣に戻る鳥を、

沈黙を、沈黙への落下を、光

の闇を、水また水を、必要とされる魂を、甘美さを、

愛と喜びに酔う視線を、オリーブ畑を……

永続するものが留まる場所へ手で進む、

そこで動く純粋な愛になる、

水の静けさの静けさになる、

そして、風の喜びのなかで控えめな喜びであることになる。

時々、その喜びを

時々わたしは、わたしが存在すると言う。別のとき、わたしは存在したいと。また別のとき、わたしは一本の木であると。

さらに別のとき、わたしは喜びの努力に捕らわれた無であると。

時々わたしは、わたしが存在すると感じる……、

時々、その喜びを。

『美の痛み』より

軽さはどこにあるのか

水からスイレンを、
その愛から大いなる愛を分かつことない、
軽さはどこにあるのだろう。
名前を授けて、あふれる緩やかな緩慢のほかは、
痕跡を残さない
軽さはどこにあるのだろう。
その軽さはどこにあるのか、
それを見つけるにはどこから眺めればよいのか。

風もなく

風はない、体だけがある、それは時々言葉たちが、野のように、

玄関や石のように、この上なく裸の皮膚の上に落ちてくるから。

それは時々言葉たちが言葉であるのをやめるから……、

言葉たちはわたしの額には、体の上にはない、そして愛、

花たちの流浪する言葉が落ちる、その闇の罪、

泥の古い罪が落ちる、そして花たちと泉が開いて、

最初の言葉のために川床と隠れ家を与える、

絶えず繰り返されるその言葉のために。

肉体の下のフィンセント

肉体の下の、月の下の、
夜の下のフィンセント、
夢の、
眼球のなかの夢の、額の下の
手のフィンセント、彼は太陽の耳と星の肉体。
孤独の、ユリの、擦りつけたヒマワリのフィンセント。

フィンセント、孤独の肉体、麦のなかのユリの肉体。
あなたの手だけが応え、あなたの額だけが
擦りつけた夢を盲にし、耳が空を擦る。

肉体の下の、月の下の、
夜の下のフィンセント、[11] 彼は麦に刺された手だ、

79

註

1 集まる広場　原語 mentidero は、スペインで人々が日常的に集まって、知的なおしゃべりをしたり、テルトゥリア tertulia と呼ばれる芸術家や知識人たちの集会が行われたりする場所。

2 溺れ谷　陸上の谷が、海面下に沈んで形成された地形。これらの入江や小さな湾が入り組んだものが、いわゆるリアス式海岸（「リアス」は、「溺れ谷」を表すスペイン語 ria の複数形）。

3 ギンバイカ　フトモモ科の常緑低木。別名ミルテ。初夏に白い小さな花を咲かす。古来、愛や美の象徴に用いられ、祝いの木とされてきた。

4 キルケー　ギリシャ神話に登場する魔女。

5 「創世記第一章」は、旧約聖書の天地創造のくだりに相当する。

6 トネリコ　落葉するモクセイ科の高木。

7 ナイチンゲール　スズメ科の鳥。小夜鳴き鳥とも呼ばれ、その声の美しさで知られる。

8 降臨節　キリスト教において降誕祭を待望するクリスマスの前の四週間ほどの期間をいう。待降節とも。

9 聖トマス（?-67 以降没）　十二人使徒のひとり。イエスの復活に際して、両の手の釘の痕を確かめ、脇腹の創に手を入れるまで、それを信じようとしなかった。

10 条裂　葉や花弁が不規則に切れ込んだ形状。

11 フィンセント　画家フィンセント・ファン・ゴッホのこと。

80

　この詩集の著者サラ・プジョル・ラッセル Sara Pujol Russell は、その苗字からも察せられるようにカタルーニャ州の出身で、一九五八年に同州の州都バルセロナに生まれた。地中海に臨む古代ローマの遺跡群によって知られる街、タラゴナにあるロヴィラ・イ・ヴィルジリ大学に入学。スペイン文献学の博士号を取得した。その傍らで、国内の大学や文化機関はもとより、国際的な性格の学術誌「塩田」Salina の編集長を務めている。その他フランスやイタリアなどヨーロッパ諸国、中国、アメリカ合衆国の諸大学の招聘を受けて各地で講演を行っている。一九八〇年には、詩集『満月の不安』Inquietud de plenituni がカタルーニャで半世紀以上続く伝統ある文学賞レクイ賞 Premi Recull を受けた。

　研究者としての業績は、「アンヘル・クレスポ、統合の詩学に向けて」Ángel Crespo, hacia una poética integradora, Ínsula, N.º 670, 2002 (Ejemplar dedicado a Ángel Crespo: El realismo y la magia), págs. 29-33のように、主に近現代の詩や文学理論を主題としている。カタルーニャ語の小説をスペイン語で、イタリア語の詩をカタルーニャ語で紹介するなど、翻訳者としても活躍するが、その種の仕事にはリトアニア語の詩集のスペイン語への共訳も含まれる。

　サラ・プジョルは、一九八〇年に「愛の終わり」Omega d'amor を発表して以降、「海イチゴ」Mar maduixa (1983)、「風の穹窿には誰もいない」Ningú a les voltes de l'aire (1987)、「冬の緩慢」Lentitud d'hivern (1997) など、当初、カタルーニャ語で詩を書き続けた。一九九九年にカスティリャ語、すなわちスペイン語による最初の詩集、『火はその風を広げる』El fuego tiende su aire を出してから以降は、二〇〇一年に『沈黙の

月の手つかずの驚き』 Intacto asombro en la luz del silencio、二〇〇四年に『不足に「はい」と、オレンジに、パンのサフランに「はい」と伝えるために』 Para decir sí a la carencia, sí a la naranja, al azafrán en el pan、そして二〇一八年に過去の詩を集成した『わたしを支える光──1999年から2004年の詩』 La luz que me sostiene [Poesía reunida 1999-2004] を同じ言語で刊行してきた。また二〇一九年には『美の痛み』 Il dolore della bellezza/El dolor de la belleza を、イタリアの出版社ラファエーリからイタリア語との二カ国語版で出している。

プジョル・ラッセルの詩はフランス語、イタリア語、中国語、リトアニア語、ポルトガル語、英語への翻訳がなされている。ことに訳者ノエル・ヴァリスが解題を付した最後のものは、入手しやすいリファレンスとしての役割を果たしてきた。読者が今ここに手にしておられる日本語によるアンソロジーは、プジョル・ラッセルにとって七番目の言語への翻訳ということになる。

本書は、解題でイバン・ディアス・サンチョが述べる通り、プジョル・ラッセルのスペイン語による三冊の詩集から選んだ作品を中心に編まれている。ここで主たる編者であるディアス・サンチョについて記すと、自らが詩人であり、『ぼくらはナイチンゲールをここで喰らう』 Al ruiseñor aquí nos lo comemos や『ビュッフェ、三時三十三分』 Ambiguo 3:33 などの著書を持つ。同氏は、郷里のタラゴナでこの女性詩人と交流があり、翻訳の作業を進めているあいだは未発表であった最新の詩集に収められる詩稿も載せる許しを得た。鼓もそれとは別のいくつか編かを選んだ。それがアンソロジーを通じてひとつの流れを持たせたいという共訳者の編纂の意図を阻害していないとすれば、「サラ・プジョルの詩全体が、多様な相にまたがるただ一つの詩行、ただ一つの声である」ことの証となろう。

翻訳の手順としては、おおむねの詩において、まずディアス・サンチョ──寺山修司の演劇と演劇における光

82

の研究家であり、芥川龍之介や泉鏡花のスペイン語への翻訳が高評を得ている——がスペイン語から日本語に翻訳し、鼓が原詩に照らしながらそれに手を加えた。さらに疑問のあるところについて両者で検討し、時には原著者に尋ねることもした。

巻頭の解題でも指摘されているように、豊かな象徴性とスペインの伝統に連なる神秘主義を特徴とするプジョル・ラッセルの詩はいずれも、読者に多様な読みを提供しようとしている。この翻訳にもそのような多義性をとどめようと努めたが、多くの詩行で最終的に一つの解釈にはめることになってしまった。幸い、寛容にもこのたびの出版に際して原詩を併せて収録することを許されたので——そのようにした元来の目的は、スペイン語圏の読者にもこのアンソロジーが届くようにというところにあるのだが——、原語の知識がある方にはそちらを通じて、作者の詩の世界により近付いていていただきたい。

サラ・プジョル・ラッセルが女性であるというだけで、スペインの女性詩人の伝統に組み入れてしまうのは適当なことではないかもしれない。しかし、そのような枠をはめずに読めるようになるまで、女性による詩が自由に広く陽の目を見るまでには、長い時間が要された。例えば、今日ではイレーネ X Irene X (1990–) やエルビラ・サストレ Elvira Sastre (1992–)、あるいはロレート・セスマ Loreto Sesma (1996–) のような若い世代が十代から書き始めて、インターネットを通じて自らの詩を広めようとし、実際に多数の読者を得て商業的成功も収めている。けれども、歴史を振り返れば、ビオラント・デ・ビララグト Violant de Vilaragut (?–1349) やフロレンシア・ピナル Florencia Pinar (十五世紀) のように中世の宮廷からもすでにその声が聞こえていたにしても、それは例外的なものであり、スペインにおける女性の詩はおおむね、男性のそれの傍流に置かれてきた。主題に不幸な結婚や社会からの疎外を好んで据えたそれらの詩の作者は、時として匿名とされた。

宮廷とともに女性たちの声の源となったのは、修道院の僧房であった。十六世紀から十七世紀にかけて続い

たスペイン文学の黄金世紀——男性では、ガルシラソ・デ・ラ・ベガ、ルイス・デ・ゴンゴラ、フランシスコ・デ・ケベードらが輩出した。この時期、ルイス・デ・レオンは『完全な妻』La perfecta casada (1583) で長く受け継がれる女性の理想像を創った——には、サン・フアン・デ・ラ・クルスの助力を得て跣足カルメル会を興したサンタ・テレーサ・デ・ヘスース Santa Teresa de Jesús (1515–1582) と、新大陸の植民地における宮廷生活から尼僧院に籠って文学に奉じたファナ・イネス・デ・ラ・クルス尼 Sor Juana Inés de la Cruz (1651–1695) の二人の姿が際立つが、いずれも神秘主義の探求者であった。アナ・カロ Ana Caro (1590–1646) は、職業的に戯曲を手掛けた最初の女性とされ、宗教式典のために詩を書いた。当時の女性たちが置かれた境遇に意識的であったマリア・デ・サヤス María de Zayas (1590–1661?) の功績は特筆されるべきだが、その小説や戯曲のなかに愛の詩や称揚詩を残している。

十八世紀になると、啓蒙主義の影響を受けて女性の才能の擁護と権利拡大を訴えるホセーファ・アルマル・イ・ボルボン Josefa Amar y Borbón (1753–1805) のような著述家が現れる。女性は家庭にあるものを という意識はいまだ強力であり、男性の作家たちと並んで名前をなす者こそ数えるばかりであったにしても、この世紀の半ばに女性たちはより明瞭な声を上げるようになった。その美貌ゆえに「太陽の娘」とあだ名されたカディスの詩人、マリア・ヘルトゥルディス・オレ María Gertrudis Hore (1742–1801) は、不倫の帰結として修道院での生活を望み、そこで詩作に手を染めた。オレと同様、アイルランド人を父に持つマルガリタ・ヒッキー・イ・マルガリタ Hickey (1753–1793) は、自分が作家であるという明確な意識を持った人であった。中世からこの時期までを含む女性作家については、文学史家のマヌエル・セラーノ・イ・サンスが、二十世紀の前半に現代におけるそうした研究の嚆矢となるものだが、二巻からなる論考と彼女らの詩のアンソロジーを出している。

前世紀末のフランスで起きた革命や、その後のナポレオン軍の侵入とフェルナンド七世の即位は、自由主義

思想の発展の逆風になった。それでも十九世紀には、その後半に自然主義のすぐれた作品を残したエミリア・パルド・バサン Emilia Pardo Bazán（1835-1921）のように、女性の作家がその地位を確かなものにしようとしていた。先のセラーノ・イ・サンスは、宗教詩を別にすれば、それまでに比べて女性たちは「百倍」も豊かな着想に恵まれたと述べている。

この世紀を席巻したロマン主義では、豊かな抒情をたたえた作品をものしたガリシア出身のロサリア・デ・カストロ Rosalia de Castro（1837-1885）、あるいは、移り住んだマドリードで激情と官能の詩を残したキューバ島出身のヘルトルディス・ゴメス・デ・アベリャネダ Gertrudis Gómez de Avellaneda（1814-1873）のような人々がその評価にふさわしい。世紀後半には、質の高い作品を書く者の数こそまだ少なかったが、マドリードなどの都市で開かれる、テルトゥリアと呼ばれる芸術をたしなむ人々の茶会でも、新聞や雑誌の誌面でも、筆を執る女性の存在の重要性が確実に増していった。カロリナ・コロナド Carolina Coronado（1823-1911）は、若くして同郷の大詩人ホセ・デ・エスプロンセダに詩を献じられるなど生前からふさわしい名声を得て、独自の官能を湛えた神秘主義にたどり着いた。この人物は、次の世紀の始まりにスペイン文学のアヴァンギャルドを用意することになる作家ラモン・ゴメス・ラ・セルナの叔母に当たる。

一九九八年のアメリカ合衆国との戦争での敗北は、スペイン人の精神に深刻な打撃をもたらした。ミゲル・デ・ウナムノら〈九十八年の世代〉の作家・思想家たちは、その歴史を猛省し未来に向けての思索を重ねる。アントニオ・マチャードがその列についたものの、このグループを構成する者たちには作家や思想家が多数を占めており、通例、そこに女性、ことに詩人は加えられない。これはオルテガ・イ・ガセーら次の世紀の〈一四年の世代〉についても同様だが、女性の公への参加が稀であり、すぐれた智を示しても正当に評価されなかったことが大きな要因だろう。ガリシア出身の作家コンセプション・アレナル Concepción Arenal（1820-1893）

は、十九世紀の後半にそうした環境に異議申し立てをしている。〈九十八年の世代〉と同世代の女性の詩人・作家には、例えばコンチャ・エスピナ Concha Espina (1869-1955) が挙げられる。ブランカ・デ・ロス・リオス Blanca de los Ríos (1862-1956) は若い頃からいく冊かの詩集を出しているが、まずは何よりもメンデス・ペラーヨに師事した黄金世紀の文学者たちの研究者であった。

二十世紀に入っても、少なくともその最初の半世紀は男性の文学者の優位は変わらなかった。前世紀末にニカラグアのルベン・ダリーオが伝えたモデルニスモは、世紀をまたいでその勢いを保ち続けていた。マチャードとフアン・ラモン・ヒメネスがこれを彫琢し、さらにそれを乗り越えようと〈純粋詩〉の道を探求した。そして、女性たちもその新しい詩の創造に加わろうとしていた。妻か母親、という歴史が押し付けてきた役割以上のものを果たせることを示すすぐれた才能にもはや事欠かなかった。最初の詩集『井筒』Brocal (1929) で、同時代の前衛主義につながるすぐれた詩をものしたカルメン・コンデ Carmen Conde (1907-1996) は、パルド・バサンも果たさなかったことだが、フランコ没後の一九七八年にスペイン言語アカデミーの会員に名を連ねるに至った。しかし、この時期のスペイン現代詩を代表する〈二十七年の世代〉の詩人たちの絶賛を受けながら、文学史においては長らく、その一員として認められずにきた。

〈二十七年の世代〉のグループの周縁にいたほかの女性詩人たちにも同じことが言える。オルテガ・イ・ガセーの『西欧評論』_{レビスタ・デ・オクシデンテ}など、スペインと亡命先の南アメリカで多くの雑誌に寄稿して、小説家としても名を馳せたロサ・チャセル Rosa Chacel (1898-1994) をはじめ、マヌエル・アルトラギレと一時結婚生活を送ったコンチャ・メンデス Concha Méndez (1898-1986)、ごく少部数が印刷された『陸の魚』Pez en la tierra (1932) が唯一の詩集となるマルガリタ・フェレラス Margarita Ferreras (1900-1965)、内戦後にメキシコに亡命するエルネスティナ・デ・チャンポウルシン Ernestina de Champourcín (1905-1999)、女優としても活躍したホセ

86

フィナ・デ・ラ・トーレ Josefina de la Torre (1909-2002) らも、その才能にもかかわらず〈二十七年の世代〉の詩人の列に加えようという声が上がったのはずっとあとになってのことだった。

半世紀以上が過ぎてようやく〈二十七年の世代〉と冠した女性詩人たちのアンソロジーが日の目を見る。エミリオ・ミロの『二十七年の女性詩人たち選詩集』Antología de poetisas del 27 (1999) が五人を、マリア・ホセ・メルロ・クラバンテ編『陸の魚たち』Peces en la tierra (2010) ではさらに十六人の詩人たちを紹介している。またこれらの女性たちの多くは、二〇一〇年代になってからは〈無帽の女たち〉Las Sinsombreros のグループとして再評価されるに至った。その呼称はサルバドル・ダリやガルシア・ロルカも関わったある〈事件〉に由来するが、古い因習の打破を意味する。また〈無帽の女たち〉の活動の拠点の一つとして、一九二六年に女性の権利向上を求めて設立されたマドリードのリュケイオン女性クラブ Lyceum Club Femenino が大きな役割を果たした。この先進的な主張を行った団体は、一九三九年にフランコ率いる右派の反乱軍に共和派が敗北してスペイン内戦が終わった時に解体されてしまう。〈無帽の女たち〉のグループに含まれるのは詩人に限られず、マルガリータ・マンソ Margarita Manso (1908-1960) やマルーハ・マリョ Marta Mallo (1905-1995) のような画家や、マリア・サンブラノ María Zambrano (1904-1991) のような思想家もいる。

最後のサンブラノは〈一九三六年の世代〉の一人にも数えられる。この世代の女性としては、ほかに作家のカルメン・ラフォレー Carmen Rafolet (1920-2004) を挙げられる。なお、〈一九三六年の世代〉を構成するのは戦後第一世代の作家や思想家たちで、詩人ではホセ・イエロやミゲル・エルナンデス、ガブリエル・セラーヤやブラス・デ・オテーロらがそうである。この世代は思想的立場によって二分され、ダマソ・アロンソがそう呼んだものだが、古典的で純潔を志向する〈伝統に根ざす詩〉poesía arraigada の一派—フランコ体制の好むところであった—と〈伝統に根差さない詩〉poesía desarraigada の諸派とに分かれた。

第二次世界大戦が終結した一九四五年、大西洋の向こう側で、チリの女性詩人ガブリエラ・ミストラルがノーベル文学賞を受賞する。出版される書籍の検閲のような厳しい思想統制が社会に導入された内戦後のスペインでは、そのような華々しさを得ることはかなわないにしても、女性詩人たちは、いっそう明確に自分の存在を示しはじめた。彼女たちは苦痛と苦悩のなかに、憎悪と葛藤のなかに書くべきことを持ち続けていたのである。

まずは、アンヘル・クレスポやハイメ・ヒル・デ・ビエドマといった詩人たちと同じ〈五十年の世代〉に属するコンチャ・ラゴス Concha Lagos (1913-2007)、マリア・ビクトリア・アテンシア María Victoria Atencia (1931-) らが現れる。アンヘラ・フィゲーラ・アイメリチ Ángela Figuera Aymerich (1902-1984) やエレーナ・マルティン・ビバルディ Elena Martín Vivaldi (1907-1998)、一九四七年にはじまったものだが、最良の未刊行の詩に与えられるアドナイス詩賞を受けた最初の女性詩人マリーア・エルビラ・ラカーシ María Elvira Lacaci (1916-1997) は、マリア・ベネイト María Beneyto (1925-2011) らとともに内戦後の社会詩を代表する詩人である。グロリア・フエルテス Gloria Fuertes (1917-1998) もその一人に含めることができるが、彼女はカルロス・エドゥムンド・デ・オリがエドゥアルド・チリャーロらと興した運動〈ポスティスモ〉——内戦の頃までに出現したキュビスム、ダダ、シュルレアリスムといったアヴァンギャルドの統合と発展的解消を目指した——にも参加した。他方、スペイン内戦後にメキシコに亡命したヌリア・パレス Nuria Parés (1925-2010) は、スペイン内戦で祖国を喪失した詩人の典型である。

一九六〇年代になっても、政治参加を求める実存主義の影響が色濃い社会詩の傾向は続いたが、主張の調子は弱まってより個人的な親密さが増していく。やや年長で遅くに詩を書きだしたフリア・ウセーダ Julia Uceda (1926-) や、『スペイン語における最初の女性詩人たち』 Las primeras poetisas en lengua castellana (1986)

88

の編者であるクラーラ・ハネス Clara Janés (1940–) が、この時期を代表する。一九七〇年にホセ・マリア・カステレーが編んだアンソロジー『九人のスペイン最新の詩人たち』 Nueve novísimos poetas españoles (1970) が、表題通りにこの時代の詩の刷新をもっともよく進めた詩人たち―マヌエル・バスケス・モンタルバン (1939–2003)、アントニオ・マルティネス・サリオン (1939–)、ホセ・マリア・アルバレス、フェリクス・デ・アスア (1944–)、ペラ・ジンファレー (1945–)、ビセンテ・モリーナ・フォイクス (1946–)、ギリェルモ・カルネロ (1947–)、アナ・マリア・モイス Ana María Moix (1947–2014)、レオポルド・マリア・パネーロ (1948–2014) ―の作品を集めたが、そこに収まる女性はただ一人、モイスだけである。

一九七五年にフランコが死去し、その独裁体制が完全に崩れると、すでにその晩年には文化に関して雪解けの気配があった民主主義の流れが加速し、カタルーニャ語のように抑圧を受けていた地域言語による詩が公刊されるようになる。例えば、ガリシア語で書くエレーナ・ビリャル・ハネイロ Helena Villar Janeiro (1940–) のような詩人がいる。ポストモダンの潮流はスペインにも浸透し、詩の多様性は増していく。そのなかで一九八〇年代に入ると、時にユーモアの感覚も見出せるが、日常の出来事を扱う都会的な〈経験の詩〉が一つの大きな流れとなる。フェルナンド・ベルトランらの〈感覚主義〉sensismo とともに一九八〇年代の傾向となったのは、ルイス・ガルシア・モンテロが一九八三年にエル・パイス紙に発表した〈もう一つの感傷〉otra sentimentalidad の詩学であり、これにはアウロラ・ルケ Aurora Luque (1962–) やインマクラダ・メンヒバル Inmaculada Mengíbar (1962–) が加わった。

他の諸芸術の場合と同様に、時代が下るほど、スペインの詩人たちのあいだに一つの傾向を見出すのが難しくなる。一九九〇年代以降に登場したさらに若い詩人たちについては、一冊の女性による詩のアンソロジー―前出のカルメン・コンデも同種の重要な仕事をしている―からその名前を借りたい。文学史家でもある詩人ア

マリア・イグレシアス・セルナ Amalia Iglesias Serna はプジョル・ラッセルにきわめて近い世代—ほかに、アンナ・アギラル・アマト Anna Aguilar Amat (1962-)、エスペランサ・ロペス・パラーダ Esperanza López Parada (1962-)、アダ・サラス Ada Salas (1965-) がそうである—に属するが、比較的最近となる二〇一七年に編んだ『多様な詩の影—十七人の女性詩人たち (一九七〇—一九九一)』Sombras di-versas. Diecisiete poetas españolas actuales (1970-1991) において、エステル・ラモン Esther Ramón (1970-)、フリア・ピエーラ Julia Piera (1970-)、フリエタ・バレーロ Julieta Valero (1971-)、マルタ・アグード Marta Agudo (1971-)、ピラル・アドン Pilar Adón (1971-)、ヤイサ・マルティネス Yaiza Martínez (1973-)、ラケル・ランセロス Raquel Lanseros (1973-)、ミリアム・レイェス Miriam Reyes (1974-)、ソフィーア・レイ Sofía Rhei (1978-)、レイレ・ビルバオ Leire Bilbao (1978-)、アナ・コリーア Ana Gorría (1979-)、アナ・ビダル・エヘア Ana Vidal Egea (1984-)、エレーナ・メデル Elena Medel (1985-)、ベルタ・ガルシア・ファエト Berta García Faet (1988-)、ルナ・ミゲル Luna Miguel (1990-)、エミリ・ロバーツ Emily Roberts (1991-)、レティシア・ベルヘ Leticia Bergé (1991-) といった詩人たちを取り上げている。

　共通するのは表題にある通り彼女らが一九七〇年から一九九一年のあいだの生まれであるということだけで、全体は特定の詩の主張や傾向に縛られていない。イグレシアス・セルナは、これらの詩人たちを選ぶのに際して、ひたすらその詩の質を問うている。それは、存在の深淵なる理由とその存在を自ら生きる表現形式を思索し、不確実性と矛盾に満ちた同時代を前に困惑する詩人、流行にとらわれずに内的なものと普遍的なものとを探求し、人々の目を引こうとハッシュタグを添えるのではなく、情熱と知により穏やかさを得る社会から、情熱と知に支えられた穏やかな社会から言葉を発する詩人だという。詩は、自分たちの脆弱さを示すカタルシスの裡でわれわれを動かし慰めるのだと、ただ美を享受するだけの

ものでなく、われわれをより人間らしくし、種として、社会として、個人としてより強いきずなで結ぶものだ、と彼女は主張する。そしてその言葉の通り、詩を呼吸することが、より激しく生を呼吸することであるのだとすれば、プジョル・ラッセルの詩にも、同じようにわれわれの生を揺り動かし、変容する力が秘められている。

ここまでスペインの女性詩人について述べてきたけれども、プジョル・ラッセルの詩をそのような文脈で語るべきではないかもしれない。彼女はフェミニズムやジェンダー論とは離れたところにいる。プジョル・ラッセルの詩は、人間として、言葉に、世界に対峙するひとりの人間として普遍のものと向き合っている。それは、すべての詩がそうであるように、散文では伝え得ない、われわれにとってとても大切なものを示そうとしている。サラの詩が紡ぐ一瞬一瞬は、サラの詩でしか出会えないものだ。それはサラ・プジョル・ラッセルという詩人の作品を読むときに訪れる啓示である。

各々の詩人はそれぞれ別の声を持つ。このたびは、そのようにして存在するたくさんの声のなかから、サラ・プジョル・ラッセルの声を取り上げて紹介できることを、われわれ二人の訳者は心から嬉しく思う。

本書の刊行にあたって、関西大学出版部の岡村千代美氏にたいへんお世話になった。お礼申し上げる。

二〇一九年十一月

鼓　宗

サラ・プジョル・ラッセル詩集
―肉体の下のフィンセント

2020年2月27日　発行

著　　者　　サラ・プジョル・ラッセル

編訳者　　イバン・ディアス・サンチョ
　　　　　鼓　宗

発行所　　関 西 大 学 出 版 部
　　　　　〒564-8680
　　　　　大阪府吹田市山手町3丁目3番35号

印刷所　　株式会社 遊 文 舎
　　　　　〒532-0012
　　　　　大阪市淀川区木川東4丁目17番31号

©2020　Iván DÍAZ SANCHO, TSUZUMI Shu　　　　　Printed in Japan

ISBN 978-4-87354-716-9　C3098　　　落丁・乱丁はお取替えいたします

著者

サラ・プジョル・ラッセル　1958年、スペイン、バルセロナ生まれの詩人。ロヴィラ・イ・ヴィルジリ大学（タラゴナ）文学部教授。『満月の不安』（1980）でカタルーニャの重要な文学賞、レクイ賞を受けた。作品はフランス語、イタリア語、リトアニア語、ポルトガル語、英語、中国語などの複数の言語に翻訳されている。詩集に『火はその風を広げる―風はその泉を広げる』（1999）、『沈黙の光のなかの無垢の驚き―ハスの沈黙、バラの光』（2001）、『不足に「はい」と、オレンジに、パンのサフランに「はい」と伝えるために―絶対的なものに傾くパンの肌』（2004）、『わたしを支える光―1999年から2004年の詩』（2018）など。最新の詩集は『美の痛み』（2019）で、スペイン語とイタリア語の二ヶ国語版として出版された。

編訳者

イバン・ディアス・サンチョ　1979年、スペイン、タラゴナ生まれ。詩人、日本文学研究者、音楽家。関西大学でスペイン語の教鞭を執るほか、京都大学や同志社大学では比較文化の科目を担当。寺山修司の演劇など、日本の近現代文学をテーマに論考を執筆する傍ら、芥川龍之介『羅生門』や泉鏡花『草迷宮』をスペイン語に翻訳、高評を得ている。『ぼくらはナイチンゲールをここで喰らう』（2013）や『ビュッフェ、三時三十三分』（2013）など、詩集や近未来小説の作者でもある。近年は、安部公房や筒井康隆らの犬にまつわる話を収めた『犬の話』（2020）をはじめ、日本の短編小説のアンソロジーの編纂・翻訳にも携わる。

鼓　宗（つづみ　しゅう）

1965年、神戸市生まれ。慶應義塾大学文学部卒業、神戸市外国語大学大学院イスパニア語専攻修士課程修了。現在、関西大学外国語学部教授。スペイン・ラテンアメリカ文学専攻。著書に『文化の翻訳あるいは周縁の詩学』（共著。水声社、2013）、『中世から現代へ』（共著。関西大学出版部、2017）。訳書に、O・パス『三極の星』（青土社、1998）、J・L・ボルヘス『アトラス』（現代思潮社、2000）、A・ラモネダ編著『ロルカと二七年世代の詩人たち』（共訳。土曜美術社出版販売、2007）、V・ウイドブロ『マニフェスト』（関西大学出版部、2013）、同『クレアシオニスムの詩学』（関西大学出版部、2015）C・F・モンへ編『コスタリカ選詩集』（関西大学出版部、2019年）等。

Vincent bajo el cuerpo
ANTOLOGÍA POÉTICA DE SARA PUJOL RUSSELL

Vincent bajo el cuerpo
ANTOLOGÍA POÉTICA DE SARA PUJOL RUSSELL

Iván Díaz Sancho   Prefacio, recopilación y traducción
Shu Tsuzumi Co-recopilación y traducción

Kansai University Press

Universidad Kansai

Primera edición, febrero 2020
Impreso por Yubunsha en Japón

© Sara Pujol Russell
© Fotografía de Francisco Fernández

ISBN: 978-4-87354-716-9

Kansai University Press
3-3-35 Yamate-cho
Suita-shi, Osaka 564-8680
Japón
Tel: +81-6-6368-1121

A Biruté Ciplijauskaité, mi Maestra, mi Guía... Siempre

A Manuel Salinas, por la amistad necesaria, por la mirada semejante, por el verso compartido

Sara Pujol Russell
Foto: Francisco Fernández

Mi agradecimiento

a Ignacio Monreal, ser semejante, por su amistad que es bien espiritual, presencia necesaria; por su apoyo en mi palabra, por su romper soledades

a Iván Díaz, por la amistad de años, con mi admiración profunda en lo profesional y en lo personal; por la traducción de este libro que da aliento a mi verso

al Profesor Tsuzumi Shu, por su traducción y aceptación de este libro, que tanto me honra

a la Universidad de Kansai, por su acogida en los anaqueles de su prestigiosa Institución

La poesía de Sara Pujol Russell: círculo de luz tangible

Iván Díaz Sancho

En marzo de 2018, el Centro de Ediciones de la Diputación de Málaga editó en la colección "Puerta del mar" una compilación de la poesía de Sara Pujol Russell titulada *La luz que me sostiene* [*Poesía reunida 1999-2004*]. Se trata de un volumen de casi 400 páginas que incluye completos los tres libros de poesía en castellano editados por la autora en la Colección Esquío de Poesía (Ferrol, España) entre 1999 y 2004. El volumen es una muestra de reconocimiento a la voz poética de Sara Pujol, que queda consolidada como una de las voces más interesantes del panorama de la poesía en castellano del siglo XXI; no solamente por la alta calidad de sus versos, con un dominio extraordinario tanto del lenguaje como de la retórica de la tradición poética castellana, sino además por el hecho de que desde el primero al último de los libros —del primer al último verso—, su poesía posee una unidad y una coherencia sin igual en su tono y expresión, algo cada vez más difícil de encontrar entre los poetas.[1]

La poesía completa de Sara Pujol podría entenderse como un solo verso, una sola voz, que deriva y se multiplica en infinidad de aspectos; accidentes de una misma sustancia transustanciada, cortada y penetrada por la luz como un diamante. Su poesía, reflectante, es en sí misma esa

---

1 Los poemas de Sara Pujol constan de versos libres, largos y sin rima y carecen de un esquema estrófico determinado. Los versos oscilan entre las quince y veinte sílabas, con un ritmo cercano al de la letanía o el salmo. Para acelerar o decelerar el ritmo de lectura la autora suele tener en cuenta los acentos internos del verso, además de utilizar figuras retóricas como los encabalgamientos, antítesis, repeticiones y paralelismos, entre otras. Este dominio de la retórica crea un ritmo muy particular que es muy difícil de reproducir en la traducción, donde la medida de los versos y la puntuación quedan descompensadas.

luz de la que habla el título, *La luz que me sostiene*; una luz que no solo sostiene a la poeta en su arrebato místico a la hora de enfrentarse a la creación del poema, sino que además sujeta el hilo de la expresión —la coherencia del estilo— a través de todos y cada uno de sus versos, de principio a fin y viceversa, en un recorrido de ida y vuelta entre alfa y omega. Como expresa Concepción Argente del Castillo en la introducción a dicha edición, "los poemas se alimentan unos de otros" como "un núcleo que va transformándose". Es esta una transformación que tiene lugar ya en el primero de los poemas, "Contemplación primera", que funciona como poética o piedra de roseta de la autora y cuyo origen está en un poema escrito previamente en catalán, "Mansardes" (1997). El título, en referencia a la mansarda, esa ventana en lo alto de las casas para ventilar el desván y estimular el devaneo de los poetas, sugiere ya la idea de la contemplación, que no será en realidad exterior, sino interior, pues es ahí donde empiezan los andamios de toda casa espiritual. En este sentido, muchos de los poemas se presentan como versiones de una misma idea, de una misma iluminación lírica basada más en el tacto de lo que no se toca que en la observación objetiva. Sara Pujol, maestra de la orfebrería, trabaja la luz del verso poema a poema, dándole forma a las palabras hasta que el poemario brilla en su conjunto. Un proceso que, a pesar de la repetición, nunca se estanca ni se deja caer en los lugares comunes de la tradición, con un lenguaje que fluye y avanza como el tiempo, atravesando paisajes y sentimientos distintos cada vez, pero siempre con la misma intensidad, firme en su navegación. "Como un río que discurre sin nosotros", dice Concepción Argente. Sin barcos que limiten el trasiego sobre un cauce vacío de sombras y repleto de una luz que teje una red de peces intangibles.

Son muchos, por ejemplo, los poemas que mantienen una misma temática o un mismo concepto. Por citar algunos: "Amor, hermosa vendimia", "Amor, hondura de la sed" (incluido en esta antología),

"Amor, proporción de la sabiduría". La autora escoge un tema, en este caso el amor, y lo desarrolla en distintos poemas consecutivos. Va así poco a poco matizando los conceptos como si se tratara de un mandala, siempre en busca de un centro que está en realidad vacío; un centro que no existe sin los círculos exteriores que lo forman, igual que sucede con los gajos de una naranja (fruta ésta muy afín a la poeta y que aparece en el título de uno de sus poemarios: *Para decir sí a la carencia, sí a la naranja, al azafrán en el pan*).

La unidad en la poesía de Sara Pujol viene dada también por la circularidad de los títulos, por su duplicidad. Mediante un recurso muy original, cada uno de los poemarios posee no uno, sino dos títulos; uno que abre el poemario (el título en la portada) y otro que lo cierra (en la contraportada). Todos los poemarios están además divididos en dos partes: Libro I y Libro II (cada uno con su título correspondiente), y cada libro consta de treinta poemas, con la sola excepción del Libro I de *El fuego tiende su aire*, que contiene cincuenta.[2]

El título doble del primer libro es *El fuego tiende su aire—El aire tiende a su fuente* (1999). Este primer libro está compuesto de dos secciones: Libro I y Libro II, con los títulos respectivos de *Soledad de la luz* y *Rosa abierta en silencios*. Cada parte va introducida, además, por una cita, en este caso una de Shelley en el primer Libro y una de San Juan de la Cruz en el segundo; citas que no incluimos aquí, si bien cabe señalar que su función es la de definir el tono de cada sección y provocar reverberaciones en la lectura a modo de guía espiritual. En cuanto a los contenidos, y resumiendo más de lo que desearíamos, este primer libro es un poemario rico en sensaciones cuyos temas recurrentes son la pasión, la soledad, la libertad, la tristeza, la inocencia, el amor, la sencillez. Los

---

2   Nótese que hemos escogido para esta antología 33 poemas para mantener la simetría.

.

elementos concretos como la luz, la espada o la rosa se vuelven símbolos recurrentes que terminan convirtiéndose en metáfora del propio proceso de escritura: "soledad de la luz"; "rosa abierta en silencios". La palabra, que prácticamente equivale en este libro al concepto del amor, se impone como núcleo del poemario, apareciendo la mayor parte del tiempo en contraste con elementos como la soledad o el silencio.

El segundo libro se presenta con la pareja de títulos *Intacto asombro en la luz del silencio—El silencio del loto, la luz de las rosas* (2001). Estilística y temáticamente sigue la estela del primer libro, pero a diferencia de aquel, se aleja un poco de los elementos tangibles y se centra más en las emociones internas; en reflexiones de carácter más abstracto sobre el propio ser en el tiempo, sobre el amor, la realidad, el pensamiento, lo imposible. El título del Libro I es *Agua en la piedra, sueño del silencio* y se inicia con una cita de Plotino. El Libro II se titula *Iniciación a la noche, búsqueda de la luz*, e incluye dos citas, una de Juan Ramón Jiménez al principio y otra de la filósofa María Zambrano al final, todas ellas muy significativas para entender la poética de Sara Pujol. Cabe destacar también de este poemario la fusión de las tradiciones místicas de Occidente y Oriente a través de las imágenes del loto, elemento propio de la iluminación budista, y la rosa, en referencia a la rosa simbólica de los místicos europeos. Véase, en este sentido, el poema *Loto y rosa en la flor azul*, una amalgama de ambas tradiciones que sirve igualmente a la autora como declaración de intenciones en su universo lírico.

El tercer libro posee igualmente un título binario: *Para decir sí a la carencia, sí a la naranja, al azafrán en el pan—Piel de pan que tiende a lo absoluto* (2004). Las dos partes o Libros que lo dividen llevan por título *La luz se recoge y vuelve* y *Sobre la plenitud, palabra de la contemplación*. Cada uno va precedido por su respectiva cita, la primera de Novalis y la segunda de los Upanishad. El libro se cierra, además, con otras dos citas

al término de los poemas, una de Plotino y otra de María Zambrano. Obviamente, no es habitual cerrar un libro con dos citas, pero es coherente con la idea de los dos títulos, uno en la portada y otro en la contraportada. De este modo, el poemario puede ser leído en los dos sentidos, de izquierda a derecha o de derecha a izquierda (nada más adecuado para una edición bilingüe con traducción en japonés). Encaja también esta idea con el intento de la autora por suprimir los contrarios en su poesía a través de las paradojas, que estaban ya presentes desde el primer libro: "Todo cesa sin cesar" "La lentitud de lo ligero" "Forjar de la inquietud la quietud", entre muchas otras.

Si nos fijamos únicamente en los títulos de los libros, el tercer libro, a diferencia de los otros, utiliza palabras más mundanas, con menos carga simbólica que el loto o la rosa: naranja, azafrán, pan. Se crea así un universo más sencillo donde la voz de la poeta se vuelve si cabe más original, puesto que sus asociaciones de palabras resultan inéditas. Otro punto a señalar sobre este libro es la aparición de poemas más breves, hasta el punto de que encontramos un poema que ocupa un solo verso: *Esta mañana, la necesidad de ver el mar, sólo eso.* Este recorte drástico de la verbalización facilita el acercamiento del lector a la voz más intimista de la poeta, en un acto que se asemeja al de abrir la mansarda y asomarse a la orilla del río para inspirar la brisa; un acto escueto que insufla más luz si cabe al conjunto, ya de por sí henchido de iluminaciones, y que podría interpretarse como una afirmación de la vida en su faceta más sencilla (la misma que conduce al pan, a la naranja, al azafrán). No en vano el título del tercer libro, en el que hallamos un par de "síes" que no solo celebran la vida en sí, sino que además sirven para confirmar el proceso poético iniciado en los poemarios precedentes. Se trata, en definitiva, de una afirmación de la palabra, de una voz poética original envuelta en un eterno proceso de búsqueda de lo absoluto desde el plano de la sencillez.

Vemos, por último, que en el título de la contraportada se utiliza de

nuevo el verbo "tender" (*Piel de pan que tiende a lo absoluto*), como ya sucedía en el primer poemario, algo que nos invita a pensar que la trilogía queda así completada: desde el fuego que tiende su aire hasta la piel de pan que tiende a lo absoluto; de lo tangible (hiriente en su condición de fuego y resarcido en cuerpo de pan) a lo etéreo. Un viaje circular en cuya transformación de los elementos a través de la palabra se ha transformado también la poeta, y el lector con ella. Una obra cerrada, pero igualmente abierta al regreso, que es el fundamento de todo viaje. Una obra a la que me he referido antes como "trilogía", pero a la que debería quizás mejor denominar "trinidad", puesto que los tres libros funcionan como uno solo y como tres al mismo tiempo. O como dice Concepción Argente: "Los tres libros se articulan como tres cantos que conforman una epopeya del ser en búsqueda, una peregrinación difícil y gozosa hacia la verdad, la belleza y la bondad". Tres conceptos clásicos y eternos tratados desde la más absoluta originalidad.

Debido a esa condición de unicidad, la mayoría de los poemas que hemos seleccionado para esta edición bilingüe japonés-español pertenecen a los tres libros incluidos en la *Luz que me sostiene*, aunque añadimos también algunos poemas más recientes para satisfacer la curiosidad que sin duda experimentará el lector tras la lectura; la curiosidad por saber qué caminos toma y hacia dónde se dirige la poesía de Sara Pujol, una poesía siempre coherente en su estilo pero en transformación continua. De esos poemas, destacaría el poema *Vincent bajo el cuerpo*, dedicado a Vincent Van Gogh, porque nos ofrece una dimensión completamente fresca de Sara Pujol, aunque con la mirada de siempre: una mirada sensible a la luz, tan espiritual como pictórica, y más en concreto, a la luz tangible. Una luz cuya fuente quizás sea aquella misma "luz japonesa" imaginada por Van Gogh para cubrir el lienzo de círculos de color en un arrebato místico.

Breve guía interpretativa para la lectura de los poemas

Los títulos son la puerta de acceso a la cosmovisión poética de Sara Pujol. En los títulos de la portada y de la contraportada del primer libro aparecen tres de los elementos pre-socráticos de la naturaleza: el fuego, el aire, el agua. De este modo queda implícito desde el principio que el lenguaje de Sara permanece íntimamente ligado a la naturaleza, en una búsqueda de las fuentes primordiales. Esta búsqueda tendrá su paralelismo en una búsqueda de la esencia de la palabra misma y, por extensión, de la propia identidad de la poeta. Los elementos son dinámicos y están permanentemente en proceso de transformación: el fuego tiende su aire; el aire tiende a su fuente. El uso de la palabra es también dinámico; la palabra "tender", por ejemplo, en su polisemia, crea una rica variedad de matices durante la lectura. Este proceso se extiende a todo el poemario, donde cada uno de los poemas es una "indagación en el ser, una recreación de la palabra desde sus múltiples significaciones y combinaciones semánticas, sintácticas, rítmicas, personales y trascendentales".[3] Esta ambigüedad de la palabra puede al mismo tiempo crear dificultades en la interpretación de los poemas, pero no debe por ello desanimarse el lector, puesto que en la poesía de Sara "no es tan importante el sentido exacto de la palabra como las vibraciones que provoca"[4], igual que sucede en el caso de un mantra o de una letanía. Esta tendencia espiritual hacia lo trascendente desliga a la autora catalana de toda poesía realista, anecdótica, social o política, lo que no impide que su voz sea una reivindicación de la feminidad en una tradición que podría

---

3   UCEDA, Julia: "Aproximaciones a la poesía de Sara Pujol", *Ínsula*, 683, noviembre 2003, pp. 23, 25-26.

4   CIPLIJAUSKAITÉ, Biruté: "Sara Pujol" en *Centuria. Cien años de poesía en español*, Madrid, Visor (Col. Visor de Poesía, 500), 2003, pp. 116-118.

remontarse hasta Santa Teresa de Jesús; una "voz femenina afirmativa centrada en la poesía misma, no en un mensaje político-ideológico"[5] y que si bien está llena de referencias ocultas de la tradición poética —desde San Juan de la Cruz a Juan Ramón Jiménez y Jorge Guillén, pasando por el Romanticismo y el Simbolismo de autores como Shelley y Novalis—, "va más allá del postmodernismo: la intertextualidad se presenta sin intención subversiva o paródica."[6]

La propia poeta da pistas sobre su poética al final de su segundo libro en el apartado de *Notas y deudas*, sección que funciona a modo de epílogo: "La anécdota no importa —quizás, sólo me interesa a mí como celebración del corazón en llamas, como fiesta de la razón que tiende a permanecer en su celo— si no es experiencia vital que supera su propia circunstancialidad, si no es vivencia espiritual que trasciende su propia limitación, si no es interpretación del ser y estar en el mundo."[7]

Pero regresemos al primer libro: *El fuego tiende su aire—El aire tiende a su fuente* (1999). La ausencia en el título del cuarto elemento, la tierra, es significativa. Los elementos fuego, aire y agua son símbolos del espíritu, que es voluble, cambiante. La tierra, en cambio, es la expresión de lo material por excelencia, el mundo de la materia, el símbolo del cuerpo, donde queda atrapado el espíritu según la dicotomía clásica alma-cuerpo. Desde este punto de partida (que es también el propio cuerpo), la palabra se presenta como el único medio (médium) posible para alcanzar el espíritu. Un proceso de ida y vuelta, puesto que también puede decirse que la palabra insufla espíritu en el cuerpo, del mismo modo que el Verbo o Logos bíblico insufla vida a la materia.

La palabra es, así pues, la luz espiritual que ilumina las tinieblas de

---

5 *Ídem*
6 *Ídem*
7 *Intacto asombro en la luz del silencio*, Ferrol, Sociedad de Cultura Valle-Inclán, Colección Esquío de Poesía, LXXXV, 2001, p. 116.

la materia. La palabra nace del cuerpo y es el cuerpo mismo, tal y como expresa Sara en el título de uno de sus poemas de *Intacto asombro en la luz del silencio*: "Empiezo donde la palabra empieza"; pero es también su trascendencia. La palabra pone en contacto a la materia del cuerpo con el resto de la materia extensa que lo rodea, con el mundo objetivo, la Naturaleza y, en última instancia, con el Ser mismo, con la esencia de la Creación (en su doble sentido de creación del mundo y de creación poética). De este modo, como expresa Noël Valis (nombre que hace inevitable especular sobre un pseudónimo prestado de Novalis), Sara Pujol "trata de suprimir la diferencia entre la palabra y el mundo real o ser. Ser y palabra son lo mismo".[8]

Esta actitud poética, como ya ha señalado con frecuencia la crítica, enlaza con el tema de la liberación de la conciencia promulgada por los místicos orientales mediante la supresión del yo individual. Ejemplo de ello es el poema "Angustia sosegada", en donde la poeta expresa que escribe para alejarse de sí misma.

> Esta tarde escribo para alejarme de mí, para ahuyentar
> de mí el delirio, la locura del labio que tiembla en la rosa,
> para apartar de mí la primavera y batir la lumbre en dulce
> apartamiento. Todo me es ajeno y todo es común espejo.

> ("Angustia sosegada" en *El fuego tiende su aire*)

Pero quizás el mejor resumen de la poética de Sara Pujol nos lo ofrece la cita de los Upanishad en su tercer libro: "Quien tiene discernimiento debe fundir la palabra en el pensamiento, el pensamiento en la

---

8 *The Poetry of Sara Pujol Russell*. Translated and with an Introduction by Noël Valis, Selinsgrove, Susquehanna University Press, 2005, 123 pp.

9

inteligencia, la inteligencia en la Vida y está [sic][9] en la paz total del Ser".[10]

Todos y cada uno de los poemas de Sara Pujol van encaminados a este fin último: la fusión con la Naturaleza a través de la palabra. O lo que es lo mismo: el desprendimiento del yo; la fusión de la identidad de la poeta con la palabra misma; la identificación entre ser y estar; la identificación de corte panteísta entre Dios y Naturaleza; la abolición del tiempo y del espacio del mundo material; la supresión de los contrarios; la fusión de lo individual en lo universal, de lo particular en lo general, etc. Un proceso propio de la poesía mística que no es tanto un proceso intelectual como un proceso amoroso; una "sabiduría de amor" (definición tradicional de la mística europea) que permite "entender no entendiendo" (en palabras de San Juan de la Cruz).

> Amor, hondura de piedra más allá de la hondura del tiempo,
> hondura de lumbre, hondura del ala más allá del espacio
>
> ("Amor, hondura del tiempo" en *Intacto asombro en la luz del silencio*)

De ese mismo modo debe enfrentarse el lector a los versos de Sara Pujol; como si estuviera inmerso en un proceso amoroso. No debemos tratar de entender todas y cada una de las imágenes, sino que debemos

---

9   Se trata, en mi opinión, de una errata. En vez de la tercera persona del singular del verbo estar "está", debería ser el pronombre demostrativo "esta".

10   En inglés: "Let the intelligent man sink speech into mind, sink that into intelligence and intelligence into the great *âtman* and sink that into the peaceful *âtman*". En la versión española se traduce "el gran *âtman*" como "la Vida" y "el pacífico *âtman*" como "la paz total del Ser". La palabra *âtman* originalmente significa "respiración", pero puede traducirse igualmente como "vida", "yo", "cuerpo", "ego", "ser", etc.

dejarnos llevar por las resonancias que generan las palabras en nuestro espíritu, así como por los ecos sensibles que surgen de la combinación inaudita de esas mismas palabras y que resuenan sobre la piel de nuestros cuerpos como la luz que dora el pan.

De *EL FUEGO TIENDE SU AIRE*

[EL AIRE TIENDE A SU FUENTE]

(1999)

CONTEMPLACIÓN PRIMERA

Amanece febrero. Mediodía. El tiempo no se sucede.

Qué belleza el agua y la tregua que así se contemplan y callan,

el aire que suave me respira y a mí sabe, y sabe de mí

y me roba el alma para entregármela después transparente

y feliz. El aire me conduce ligera por los campos de heno

de mi corazón, ahora tranquilos, liberados, llenos

de esta savia nueva y esta fuerza indulgente que me colma.

Inmovilidad ante el mundo. Inmovilidad del mundo

que, suave y silencioso, me encauza hacia mí misma

y vuelo amorosamente sobre lo que ha sido y lo que será.

Qué feliz lejos de todo, todo lejos: el verano,

las regiones saladas, el tiempo, la distancia, la vida.

La palabra es la mirada. Con sorpresa, levanto los ojos

y contemplo con emoción que el mar me mira. ¡Felicidad!

Y también las palmeras, la arena de azafrán y aquel antiguo

olivo tuyo. ¡Oh, Señor! La música me asombra. Me escucha.

Por primera vez, estoy en ellos y ellos en mí. Mi corazón

henchido de mi alma y mi alma henchida de mi corazón.

¡Armonía buscada siempre fuera cuando estabas tan cerca!

¡Ceguera de la donación que nos ciega y ciega a los otros

y más nos hiere y nos deja con la vida contra la vida!

Mediodía. El tiempo no se sucede. Salgo de mí y voy a él

y a él me debo. Por fin, la unión deseada me ha sido concedida.

ORIGEN DEL VERBO, GERMINACIÓN DE LA TIERRA

¡Oh, dulce azar, que eliges, sin voluntad ni capricho, la hora
de nuestra tristeza y el justo momento de nuestra alegría!
¿Cómo puede la idea seducir al sentimiento y no saberlo?
¿Cómo puede desfallecer todo sentimiento sin prever horas
ni años, dando la vida, perdiéndola, sin cesar jamás?
Con un grito, alzo el puñal con que me habéis quebrantado el alma,
danza de luz: caigo de rodillas y esculpo en la tierra un llanto
intenso, poderoso y necesario para volver a la vida.
Me recogió una tarde de invierno crecida en primavera:
desde entonces, la palabra me acecha y yo aguardo sus signos.

CON LAS MANOS SOBRE LA AUSENCIA

Llegará la noche y pensaré en qué he pasado el día.
Sólo he contemplado. Me ha vivido el azul del alba
y el claro sol de la tarde. Y nada más. Enamorada
y celosa de su mansedumbre, nada turba la calma.
Me he sentado, con los ojos cerrados, con las manos sobre
la ausencia, y he sentido el ligero y suave pasar del tiempo
sobre la piel, su fluir lento y preciso en torno al corazón.
El no piensa ni siente y, en su quietud, permanece prendido
en todo lo que siente en su nombre, en todo lo que tiembla
con anhelo deseando su quietud. El tiempo no pasa,
sólo fluye. Carente de vida propia y de angustia ausente
da vida, sin desvelo, al mar, al sol, al alba y a la noche.
Su quietud nos vuelve indefensos y débiles y extraños.
Su quietud es nuestra inquietud y nuestra melancolía.

AROMA DE MIRRA, AROMA DE SOLEDAD

No hay melancolía más triste que el humo negro y perfumado
de la mirra quemando sueños y naranjos que nunca fueron;
que el humo negro de la mirra quebrando ágil lo que hemos sido,
lo que jamás seremos, lo que nunca amamos creyendo amar.
Aroma de soledad en viernes, en el aire, en el invierno
que arde más allá, mucho más allá, de su querer y su olvido,
que arde en un vaso, en unos ojos en aromada soledad
—unos ojos que han visto tantos fuegos que son cristal en llama—,
y arde sin saber que una mirada transforma la nada en tiempo,
la nada en manos abrazadas a las hojas, el todo en nada.
Cántaros sonoros de vino, hombro desnudo, ceguera oscura.
estoy con vosotros como si fuera invierno y humo de mirra.
Herida estoy de eternidad, de tiempo en el centro de la herida.
Sin melancolía estoy. Viví siempre con la melancolía,
de la melancolía, de la nostalgia, con la nostalgia a hombros.
Hoy, sin más, las he dejado partir de mi vida sin esfuerzo,
o, quizás, es tanta la nostalgia que ya no sé qué es nostalgia.
¡Loca pasión del ser, ser y ser en todo y en todo momento!
No hay nada más triste que el humo blanco de una tarde en invierno.

CREACIÓN DE MI NOMBRE

Si la aurora surgió del caos. Si la luz, de la oscuridad.

Si la palabra emergió de la ceguera y las nubes del vino.

Si la belleza brotó de la clara conciencia de la muerte,

y la verdad se alimentó de ella y, así, también el amor,

mi corazón nació una noche de azabache enamorada.

Mi cuerpo, un mediodía de invierno celoso de la noche.

Mi tiempo, en un jardín de rosas donde habitaban los sueños.

Mi aliento, en la baja niebla, en los labios de un bosque encendido.

SOLEDAD DE PIEDRA

Mi lago es de piedra y de luna. La memoria es roja piedra.

La luna es la distancia entre labio y sueño, entre sueño y valle.

Fuera, coro en juego de los niños, siempre hijos de los otros,

hijos a quienes nunca llamarás hijos ni verde luna.

Canta el ave en su jaula, prisionera de rejas y claveles.

Prisionera del aire y la sangre, canto contra soledad.

Soledad, soledad que nos haces leves, diestros con la sombra,

alegres cuando vemos que te alejas alegre hacia las águilas,

no te prometo fidelidad, ni compañía ni alimento.

Mi camino es el amor. Con todo, tu estancia, hoy, me es venturosa.

No, no renuncio a ti si detrás del clavel me espera el esposo,

si al escribir mi verso te inclinas suave y besas con tu fuego

la nieve de mi frente, si acaricias la noche en mi ribera,

si, azul, me recuerdas que tengo recuerdos que son como el trigo,

si me recuerdas que es necesario este pozo de piedra y luna.

SOLEDAD DE LUNA

Soledad, déjame sola con la palabra contra la palabra

hecha verso, con el tacto a flor de noche, a flor de flor, de ti.

Luna llena, blanca, sobre los tejados de pizarra negra,

la luna blanca sobre el negro cuervo, un cuervo blanco de luna,

sobre el río blanco y la piedra blanca a la luz de la luna,

sobre la campana de luna que toca a medianoche, a sueños.

Creo que no pienso. Que no pienso en nada tangible. Es como

si el trigo, el río, la piedra o la luna estuviesen en mí

y no los pudiera pensar. ¡Maravilla! Las dimensiones

de mi cuerpo son, por un momento y lugar, las de mi espíritu.

Paz. Entrego mi felicidad al pecho abierto que la quiera.

Canta, de nuevo, la campana. Es medianoche en mi cuerpo, en mi aliento.

CONFESIÓN DORMIDA

Durante años, he dormido sobre un alud adormecido.

Fluía el agua en bellas cascadas que el agua llevaba al mar

para ser nueva nieve, nieve salada que la tierra endulzaba.

Primaveras iguales. Durante años, he vivido en el pico

de un águila negra de negro vuelo y rumbo equivocado,

huyendo de la luz, buscando incesante la esencia de la luz.

Erré. Qué tristeza mis alas de hielo blandiendo mi sangre.

Erré por mí y por ti. Hoy recuerdo ciénagas, cuervos, cuerpos, vino.

Hoy recuerdo mis años y un temblor de hojarasca quema en el verso.

Ahora, soy alma ligera y feliz. No necesito el vuelo.

El paso lento me lleva allá donde voy, a cualquier lugar

sereno, donde tú, amor, serenas caminos y tormentas,

me serenas y serenas el trigo atormentado en el molino.

Te buscaba en la altura y estabas tan cerca. La luz me cegó

viviendo en la oscuridad. Ahora, vivo en la luz y nada anhelo.

¡Feliz caminante el que baja, subiendo, a la realidad más bella!

Ya tengo que bajar al valle, allá donde vivo, donde me esperan

dulces abetos, pinos frondosos, y más sentir y más pensar.

Bajo lentamente desde la cima y oigo los primeros

grillos y la primera alegría, y la vida se transforma

en mí y, mágicamente, con su alegre ritmo me transforma.

Miro a la cima. Allí quedan el hayal, la nieve y sus águilas.

ANGUSTIA SOSEGADA

Esta tarde escribo para alejarme de mí, para ahuyentar
de mí el delirio, la locura del labio que tiembla en la rosa,
para apartar de mí la primavera y batir la lumbre en dulce
apartamiento. Todo me es ajeno y todo es común espejo.
La distancia y la proximidad son alas de la misma luna.
Amor y desamor son, ahora, noche de la misma llama.
Sé que todo lo que une, separa. Que todo lo que separa,
al mismo tiempo, une. Y sé que, así, pasamos la vida, uniendo
y dividiendo la vida, uniendo el grano y derramando la siembra.
Imposible es evitarlo. Imposible requerir y encontrar
la proporción. El amor nos separa de nosotros mismos
para entregarnos, indolentes, al alba. El alba se separa
de nosotros para devolvernos, ungidos, al desamor.
El desamor nos separa de los labios y nos convierte
en rosaleda que crece junto a la lluvia, junto a la voz,
junto a la calle, junto a la nada que crece ebria entre la nada.
Si adelanto un paso, dejo atrás el mar y siento su peso
de hiedra en la espalda, el peso del cielo en la frente y, en los ojos,

brasa de espigas, y no puedo andar, y no puedo mirar,

y no puedo, ya, recordar. No recuerdo y niego el olvido.

ESPACIO Y TIEMPO

Si la piedra cae en el agua y el agua tiembla, es el origen
del tiempo; si la gota de agua cae en la piedra y no tiembla,
nace el espacio; si el agua rompe el agua, despunta el hombre.
El principio: cristalera atenta al mar, espejo en movimiento,
mentidero de verdades, reflejos, sombras frías, manzanas
hondas como piedras; y el hombre, saeta de llanto, saeta
de barro que curte aceros, curte soles con los pies y el alma;
y el hombre, flor de sándalo, azagaya de sueños, grito, ría,
venado devorando azaleas, la herida entrando en el verso.
Pienso el principio: lo que se deja mirar y no se mira
a sí mismo, la palabra creciendo de un árbol sin sombra.
Cae una piedra en la rosa y la rosa no tiembla: eternidad.

De *INTACTO ASOMBRO EN LA LUZ DEL SILENCIO*

[EL SILENCIO DEL LOTO, LA LUZ DE LAS ROSAS]

(2001)

NUEVO RECUERDO

Funde, recuerdo, funde sabiduría y acacia, viento
y beso, palabra y prado, prado y vino y piedad y risa;
funde el sentir y el pensar, el volar y el esconderse en llanto
y el esconder el llanto en la boca seca del aire y el ciervo.
Recuerdo, hijo del río, te sostienen los montes, los valles,
la llama en el bosque, la tierra herida y el temblor del verso;
te sostienen la belleza —que duele como escarcha en los dientes,
como cántaro en la cintura, como clavel entre los brazos—
y el dolor ahusado de los cipreses y un miedo de herrumbre
en el costado y la dulce piel rendida de los cerezos,
y un varadero de mirtos y una orilla de amor en el pecho;
te sostenemos como cáliz de una espada cortando sueños,
como el viento que busca tristezas en la oración del hombre,
como cima altiva que dobla la vida y supera a la muerte.
Recuerdo, hijo del río, padre del tiempo, funde lo más alto
y el amor, isla y sufrimiento, continuar y yacer, balanza
y descanso, ensayo y nombre, lo que fluye y lo que no medita;
funde huevos de serpiente y arrepentimiento, hondura y ritmo,

veneno y melancolía y la sagrada hoja del ensueño,

alegría y luz, arco y levedad y este río encadenado

en el lirio y esta angustia enredada en la rosa y esta frente

que baja a las manos y no puedo medir ni manos ni frente.

Recuerdo, hijo pródigo de mis sueños, lecho de mi boca,

funde todo lo que florece, lo que sufre y la verdad,

el mar y esta celosía de humo y aves y la palabra,

la palabra y el verso en un canto de encuentro con el alma.

Fúndeme, recuerdo, en un yo y en otro yo que me contemple,

en un yo que cante y en otro yo que interprete la vida,

en un yo que llore y otro que ría en el hombro del aire.

Recuerdo, triste zaguán de ausencias, largo azarbe de auroras,

no dormites en tu cristal: fúndeme en un solo yo que ame.

AMOR, HONDURA DE LA SED

Amor, hondura de piedra más allá de la hondura del tiempo,
hondura de lumbre, hondura del ala más allá del espacio,
hondura simple multiplicada por el rocío en el árbol
del sueño, por el azahar prendido entre frutos y alegría,
por la palabra que sube al manantial y vuela y se detiene
en un cuenco de escarcha e inocencia, en un cuenco de pan y leche,
en una frente que corre por los lirios buscando su hondura.
Amor de amor, dulce mirador del hombre, súbeme a tus ojos,
súbeme otra vez a tus sueños porque en el amor nada basta,
ni siquiera el aire de la silva es suficiente para el fuego,
ni las manos son manos del ser si no las enciendes con tu aire;
súbeme al pecho de la lluvia, a la armonía, a tu paz abierta
en cerezas de luna, a tu voz bien temperada en plenitudes;
súbeme a un pensar sereno y bájame la frente a los sentidos.
Amor, hondura de mi hondura, este del cuerpo, norte del alba,
sal en la cancela de mi sangre, miel en la reja de asombros,
dentro de ti me busco: en la dulce simetría de tus ramas,
en la fuerza de la belleza, en tu tiempo que no cumple al tiempo;
dentro de mí te busco y tu silencio responde a mi silencio.

RECOGIDO ASOMBRO

Casi sentir y pensar son lo mismo, no a la luz del recuerdo
como esperé, sino a la luz de mayo en celosías de ensueño;
casi silencio y agua son lo mismo, casi tierra y silencio
tienen parecida forma, los mismos verdes, las mismas flores;
casi la vida, fuerza de soledad, recoge amor y fuerza
en un mismo río de frutos y espera donde el alma duerme.
Me recojo en asombros, me desnudo de puentes y rosales,
me siento entre el yo y el nido —pensarse entre el sentir y el pensar—
y encuentro la palabra arrancando acantos de luna a las noches
de azahar, el deseo sonoro en flor al dolor del deseo,
—y el amor se esconde porque es amor buscarlo siempre y no hallarlo
y hallarlo dormido entre piedra y luna a la altura de los sueños—;
y encuentro entre carne y hueso la tarde, entre zaguanes y acacias
el llanto, y la ternura —ah, esta ternura— entre el aire y el tiempo.
Me busco entre el verso —asilo del romero, agua alta y detenida—,
me busco, y ya no me oculto ni oculto los ríos de mi brazo
ni mi mano perdida en el cuerpo, ni mi pie entre tierra y lanza,
ni el arroyo —silencio de la vida— entre un nombre y su silencio.

Me sueño porque es hermoso soñarse para cuando no importen

los sueños, o importen tanto que sean saber de alma dormida,

de alma despierta, conciliación, de alma hacia un sentir sobre el alma.

Casi sentir —circe de jazmín con vino— y pensar —azafrán

de fuego— y soñar —rosario vivo de azabache— son lo mismo;

casi tarde y rosetón son la misma luz, casi mano y alma

son la misma risa en los jardines, la misma flor en los patios;

casi somos lo mismo encina, cántaro y barro detenido.

Como mayo —celosía del tiempo, dulce y blanco trigal

en lo desnudo—, el ser se acerca a la palabra y tiende a sus sueños.

LABIO

Labio, luna llena, región de olvido, principio del aire.
Labio, cumbre de la rosa sin tiempo, arroyo de la vida,
los porteadores de sueños se acercan a descansar
en ti su agotada alforja de silencios, su larga noche.
Labio, lecho sereno del que yace en angustia serena,
en los puentes es septiembre entre veranos y manantiales
y el agua corre por asombros y las frondas son palabras.
(He ido a la fuente, no con el cántaro, sino con el alma,
y he visto una cacería de sueños y el labio ha temblado).
Labio, fuente de levedad, ciervo de luz, fuente del verbo,
el hombre arde en sendas y forrajes y en ti hospeda su duda
y su miedo, casa del llanto, y su fuego enciende tu hondura.
Labios, campo en soledad, soledad equivocada en nombres,
no os habéis equivocado nunca ni culpáis al amor
de sus auroras, y sanáis de amor con otro amor más dulce.
Labios, cosecha de lluvia, el pensamiento que ata la mano
lo liberáis con los sentidos y oléis la tierra en sus prados,
tocáis la renuncia con olivos de sangre, oís el cielo,

veis la apariencia de las cosas, sabéis a dura verdad,

sabéis que lo amargo es la ausencia y que sin ella nada existe.

Labios, podéis besar, morder, mentir, arrebatar... soñar...

Labios, silva atormentada sin junco, madrigal de paz

sin carrera, donde ocurre lo inesperado, que se cumpla

lo esperado: un jardín con sombra y sol. ¡Cuánta vida cumplida!

Labios, lenta oración de la tarde, no os ocultéis en otros

labios que no saben vuestro rumor ni vuestra clara esencia

ni vuestro dulce tiempo, ni vuestra hechura de luna eterna.

Labio, dolor mío, todo está en ti y no puedo dominarte.

ME PIDES CAUCE DE NOCHE

Me pides que cante canción de lumbre y yo pido a la lumbre
que me cante canción de arroyo para estos muros de mi alma:
son largos y van altos como el humo, y la música debe
oírse por encima de la razón, mi juego de nadas.
Canto silencios, padre de la lumbre, por si nace el canto.
Canto soledades, madre del verbo, hija del universo,
por si el silencio llega rumoroso a los muros de mi alma.
Espero con ternura, y ella misma no sabe que es ternura,
que llegue la noche porque en la oscuridad la luz es más clara.

CERRAR PARA ABRIR

Cierro el pan para abrir la rosa, el tallo para abrir la paz
—la paz, granada de luna y rumor que abro y golpeo en mi sangre,
que abro en verbos que son manos, que golpeo en piedras que son sueños—,
cierro el hambre de los búhos para abrir mi hambre que restaura
la luz, cierro el color para abrir el sosiego demorado
en la noche, porque, en lo oscuro, azafrán y lengua me asombran.
Me cierro en pan para desnudarme, en hierba para ser carne
que abre el bosque, en fuente para ser piel que roza la inocencia.
Me abro en tiempo para ser un tiempo -cuenco de blanca leche,
de lumbre que alimenta flores, frente, ruiseñor, belleza-,
que me alimenta de hojas, recuerdos y un estar entre arroyos.
Me abro en fuego -no en llamas, la llama viene siempre de fuera-,
me abro los sentidos para alcanzarme donde estoy ahora,
me abro en cedros para ser mi alma, en cerezos para ser cuerpo
de mi cuerpo y cuerpo en ramas donde el silencio brota en tigres.
Cierro las manos -manos de pan y agua- para abrir el verso.

LA LUZ ENTRA POR EL VERSO

La luz entra por mi cuerpo y la angustia, el amor y la nieve,
y me alejo de mí y me acerco y son siempre la misma angustia,
el mismo amor, la misma luz y nieve... y un cuerpo distinto.
¿Cómo retenerlo todo si el cuerpo permanece y llora,
si el cisne florido no puede rozar la hoja del ciruelo?
¿Cómo retenerlo todo si el cuerpo de amor sólo vive
su altura en la altura de otro cuerpo y su vida en su otra vida?
¿Cómo vivirte más, sentirte más, amor, si sólo tengo
dos ojos negros en la nieve y unas manos en tus sueños?
¿Cómo ser más, tarde, agua, alondra, cielo, si mi única sangre
sólo está sembrada de mirlos y de miedo, y sólo tengo
un arroyo de fe en alguna parte y una frágil puerta
a la nostalgia que desciende por la espalda, por la espada
que dobla la eternidad en mares, rebaños y naranjos
—¿por qué?, busca en ti lo que queda de ti en cada tarde tuya—,
si sólo guardo una fuente en alguna parte y sólo quiero
el recuerdo de un jardín con nieve cubierto por tus manos,
por tus manos de dulce bosque y claro nombre en dulce pecho,

que pueden cubrir el sol, mi cuerpo, la soledad sin sol?

¿Cómo ser más en mí contigo si amor y belleza se unen,

cómo ser alma y cuerpo sin que se confundan,

sin que me confundan en volar y yacer al mismo tiempo?

¿Cómo ser más, amor, si sólo tengo un sueño repartido

por el cuerpo y mi cuerpo se reparte grano por tus sueños?

¿Cómo ser más sin ser otra cosa si mi vida ya se abre

en palomas por mi frente y mi hogar tiene ya un río, un nombre?

La luz entra por el verso, y cuerpo, alma y tarde son distintos.

EMPIEZO DONDE EMPIEZA LA PALABRA

La palabra empieza como ciervo en la boca, como fuente
en la hierba, como fuego en el aire, como aire en los sueños,
como tierra y llama en la boca del ciervo, como una piedra
en las cerezas, como agua en los abetos, como agua y campo
en la voz, en la incertidumbre de la voz en certidumbre,
como un dolor trascendido, ojos, como un sueño no cumplido,
como un tiempo ya cumplido, como un silencio que se cumple.
Palabra y silencio, dolor, lirio, azafrán, casa del aire,
casa del dolor, limosna y riqueza de luz en el pecho,
luz de la misma madre, de la misma espada que divide
la frente en un árbol, el brazo en un río, el alma en las rosas
—¿cómo reuniros si me reúno y el río lleva el árbol
y la rosa el alma y yo me contemplo dividida en miedo?—
y en su centro la vida que corre como corre la angustia,
con ese correr que tiene el todo conmovido en la nada.
Palabra, sálvame de mi espada en el centro de la espada,
de lo oscuro de los nombres que no beben en el silencio.
Silencio, sálvame de la piedra que no sea azahar

en la boca de mi verbo, que no sea luz en la boca

de mis manos, que no sea aire en el hombro puro del fuego.

Palabra, sólo me salvo en ti donde empiezo como un ciervo,

como una fuente, como un sueño en la más clara certidumbre.

LOTO Y ROSA EN LA FLOR AZUL

Oratorio de Navidad. Orden del universo y orden
del loto en la luz de la rosa, de la vida sobre el loto.
Junto la boca al recuerdo y desciende lo oscuro y me elevo
como brisa, paz, plenitud, me elevo como lago al este
del manantial, pan, plenitud, la trascendencia ya no hiere.
Oratorio del universo, los pinos son verbo y fuego,
y el aire se remansa en el viento y el agua se detiene
en su lirio. Paz, jazminero de cerezas, ya no herís
mi búsqueda. Me elevo dentro de mí hacia mí misma en brisa.
Me quedo aquí entre mi silencio y la luz, aquí ante la vida,
aquí contigo, mi dicha, mi morada de trigo y mi hambre.
Mi hambre, círculo a círculo hacia arriba, mi hambre yegua, mi hambre
hambre. Puedo descansar en mis manos, las hojas son nuevas,
puedo reposar en mi verso, puedo nombrar la medida
con mis dedos, noche a noche, luna, con mi lluvia hacia el centro.
Puedo decir: exceso de jilguero en las cumbres, exceso
de belleza en el lienzo, ausencia de no apresarte en mi dicha.
Tal vez, dolor y dicha. Tal vez, monte y sombra de los montes.

Tal vez, entré en mi corazón y la flauta se quebró en ramas

que ardieron como lana y luz, y yo ardí tres veces en el tiempo:

negué el aire y el agua, y no negué la rosa, ¿a qué evitarlo

si era necesario, si era exacto doler más en la rosa

para amar más y decir más y saber más en el silencio?

Me lavé en brisa el dolor, cancionero, me lavé en la brisa

las manos que me sostenían y el humo que me negaba.

No, cuerpo mío, no te negué nunca, y me bañé dos veces

en la misma brisa y dos veces en la misma agua, las aguas

que regresan a su origen y cierran lo abierto en la fuente.

Dos veces en la misma brisa y dos veces en la misma agua:

la de la vida y la del té, origen de la vida en el alma.

Dos veces en el mismo amor: soledad, tiempo en flor azul.

Serenidad, ¡qué difícil hallarte en el fruto sereno!,

y me elevo siendo sueño de loto y rosas en los sueños.

TODO HUELE A SILENCIO

Y es invierno, y el verbo arde lento y breve como el perfume,
y contemplo, ausencia de conocimiento, el mimbre en la lengua
del ruiseñor, todo se hace eterno, el dulce sauce en el verbo
y todo se hace claro, con esa claridad del silencio,
orden de los sentidos, con esa claridad de la lluvia
sobre el sonido, o esa claridad de lo eterno en la encina.
Invierno, y la contemplación arde lenta como el almendro
en flor, y el universo huele a lluvia, a piedra en el silencio,
a yegua de pan y a luz, y a silencio sonoro en la lengua
del viento, viento en la hierba, viento en el centro de la escarcha,
en la huella del verbo que deja olor a huerta y a manos,
un olor a belleza, contemplación, un olor a tierra.
Dadle agua al almendro, dadle agua a la luz, avena a la piedra,
dadle agua al silencio, avena a la contemplación de la piedra,
agua a la luz, que toda sabiduría está en el comienzo;
dadle avena y agua al silencio, avena a la contemplación,
que esa es mi serenidad, que esa es la piedra de mis sentidos,
la piedra de mi tiempo en los muros, la piedra de mis sueños.

Contemplación, libro de rosal y loto, hoja de abedul

y acacia... encuentro el silencio, encuentro la luz en la belleza...

y el verbo arde en piedra blanca, y yo soy cereza, piedra y viento,

y soy verde tierra de encina y encina del ruiseñor

y trigo en el ciervo, fuego de aire y de agua, y fuego en el sauce.

Contemplo, conocimiento, te contemplo y me oculto y salgo,

y la piedra huele a centro y el centro a clara luz de invierno,

tiempo de los sentidos, tiempo de lo eterno en los sentidos.

Conciliación en el aire. Contemplo con el contemplar

del ser, con el ser de la mirada en los campos y en los cuerpos,

con el viento que eleva mis hojas y me rodea el nombre.

Contemplo, y no me encuentras, contemplación, que tengo por ojos

sol y luna, y las manos en talo de trigo son el medio

para juntar las manos sin principio ni fin, sin escarcha.

Contemplo, y me encuentras, contemplación, en mis ojos de viento

y chopo, soledad de hombro al alba, voz que roza el silencio,

en mis manos de piedra, cereza y sosiego, que se abrasan.

Es invierno, el verbo arde sereno y todo huele a silencio.

De *PARA DECIR SÍ A LA CARENCIA,
SÍ A LA NARANJA, AL AZAFRÁN EN EL PAN
[PIEL DE PAN QUE TIENDE A LO ABSOLUTO]*
(2004)

GÉNESIS PRIMERO

El hombre, ¿qué ser incompleto se sintió entre los rebaños
de luna?, ¿qué mordedura de leche y azúcar, qué espada
de luz y azafrán verde en el costado por donde la luna
se partía, qué olor a lázaro que le anegó los ojos
si los ojos le bastaban para extenderse sin aniego
por los cuatro ríos, por el prado entero sereno de aire,
si los ojos se bastaban de agua para ser tierra de hombre?
Oh, corazón, lentitud, que el aire enseña aire y su corazón
de higuera y de rocío, ¡cuánta abundancia para los sentidos!,
¡cuánta gracia de vino y rosas para el alma que debe abrir
abriendo la serpiente y debe cerrar abriendo la semblanza!
¿Qué madreselva le interrogó, qué cobre rojo, qué aguafuerte,
agua príncipe, caló en su arcilla que, al contemplarse en el agua,
corrió tenso a la dulzura y volvió roto y preso en la nostalgia?
Desde entonces, ¿cómo ir hasta el rocío y seguir siendo lo mismo?
¿Qué sintió el hombre, permanencia, qué mordedura de tinaja,
de laurel en la jarra del pecho, jarra en el limo del hambre,
qué mordedura de espada por donde la canción se partía?

Oh, mi corazón, qué perfecto se sintió el aire y qué oloroso,

y la higuera, corazón, qué temblor de morada, qué distancia

de perla entre tú y las aguas, privación, qué distancia de tirso

entre el deseo y lo que aquieta el deseo, entre rocío y flauta.

¿Qué sintió el hombre, qué ausencia, qué no hallado nombre sintió

en las venas, qué temblor de herrumbre ante el cielo, qué temblor

en lo que carecía de separación, que hundió su rostro

contra la plenitud de la uva, su alta renuncia en el fresno?

¿Qué sintió para no apartarse de sí mismo, no llenarse

de belleza, qué danzar de los árboles empuñó el filo

que no ordenó el silencio, su corazón de hierba en la fuente?

Corazón, cantar de los cantares, azafrán en el pan, lázaro

en la hierba, que vas de la razón a la hierba, de la hierba

al alma, del alma al hierro, —¿cuánta angustia ha de mirar la espada?—,

no alcanzarás la casa del alma, que sólo el laurel la abrasa.

¿Qué sintió si el valle era verso y era verso el fresno en su caño,

si la verdad en la zarza era verso blanco en la blanca zarza,

si siendo en el verso era ocho veces luna, ocho higueras de leche

y pan, ocho moradas en el sueño y un arroyo en el agua?

¿Qué sintió si el heno era hermoso y era luz el alma en el aire,

si era hermosa la zarza, y no esperar nombre un múltiplo del gozo,

si toda luz de cielo era agua, un estar sin agua en el silencio?

Oh, corazón, ¿no tendrás paz entre el colibrí y el blanco ciervo?,

estoy entre dos hambres y dos fuentes y las dos me alimentan

y sólo una me alumbra. Oh, tiempo, oh, eternidad, ¿qué sed puede uniros?,

¿en qué jarra encontraros?, ¿dónde la jarra sin romper su hechura?

¿Qué pasión le cegó el aliento, qué heno se entregó a su cuerpo,

qué jarra hendida —¿qué, la eternidad?— dejó pasar la noche

y la tormenta —¿qué, el tiempo?— que ya no pudo correr libre

de sí mismo, apartar su costado, elevarse de sí mismo?

¿Qué sintió si ya no supo por qué ceja le entraba el cielo

ni por qué latido aire, ni quién era el padre de los vientos,

ni quién ni qué era el hombre? La soledad olía a madera.

HOMBRE, QUE FUISTE MORADA DEL MUNDO

Hombre, que fuiste morada del mundo, un corazón de pájaros
entrará en tu alma y será carne vendimiada entre dos hambres
y tu hambre, y digo nada me turba y siento la tarde oliendo
a cereza, a cisne, qué tensa luz en tus músculos, hombre,
qué tensa oscuridad en el rostro crecida entre lo oscuro,
qué fría emboscada, ¿dónde está el cielo, hijo de lavandera?,
y digo que el verbo me sea por mi cuerpo entre dos ríos...,
y un silencio, providencia de pan, abre el ave por los hombros.

CUÁNTO TIEMPO, VERSO MÍO

Cuánto tiempo, verso mío, sin ti, en mí, conmigo en la noche
de mimbre, solos los dos sin ningún hecho, sin hechos, solos
como el hecho más hermoso, pan en la nieve y en la mesa,
con tus claros ojos despiertos, hambre, y yo dormida, tú, hijo
de la trascendencia con tu pureza lastimada, y tú
puro, y yo lastimada por el bronce y la sed de los campos.
¡Cuánta sed, verso mío, de rumorosas hojas y lirios
en la cena, en la última cena, en la primera lluvia antigua
que se llevó el trigo, las flores, y la música del trigo!
Fue el silencio, con el día en la llama y el llanto en la yegua,
mi yegua, alma mía, mi silencio, llené la uva de espíritu
y las hojas de carne, barca de dios de incontables brisas.
¡Cuánta sed, verso, hijo que me trasciendes, de tu rumorosa
sangre, del universo de tu voz, del arco de tu fragancia,
cuánta sed que me une a lo diverso, y me separa del río!
Nació el silencio, roble del ruiseñor, roble de cabello
dorado, ruiseñor de luz, mirto de luz, belleza y fruto
de sí mismo, y fruto para la casa que es un decir de aire.

Cuánto tiempo, verso mío, sin ti, en mí, sin tu silencio,
creación de la luz que alza a la vida en lo más necesario
de sí misma, en lo oscuro de sí mismo, callar de medusas.
Sé tú, creación del agua que alumbra y celebra los bosques,
sé tú, en mi, el monte y el olor del monte que es grulla a tu luz,
sé el pan y el arroz, el cántaro, escena de hojas verdes y alba—,
mientras yo, carne de bronce y canción del alma, te contemplo.

VEO LOS LIRIOS

No es la nada la que crea la angustia o la angustia la nada,
sino la conciencia de ternura, conciencia de no ser
siendo en lo otro, siendo el aire de lo otro, no sintiendo tu aire,
no siendo tampoco lo otro, ni su aire, no sintiendo su aire,
sino el rozar del aire primigenio, principio y nada o
todo, ternura en la casa del habla, donde la palabra
se angustia por regresar a la fuente, a este arroyo, a estas manos,
a la angustia primigenia que crea el mundo a su medida,
a mi medida, a la palabra misma, grito en la alta encina,
luz, resurrección, palabra que crea el mundo a su medida,
la palabra hecha verbo en su medida.
No es la nada la que crea la angustia o la angustia la nada,
sino la amplia conciencia de ternura,
el recorrido de la ternura, madre, mi casa blanca
hacia arriba, los lirios, conciencia del ser, verso hacia abajo,
melancolía, su mano me sostiene, veo los lirios,
escucho, caigo, la luz del ser me levanta entre la lluvia,
ternura, dolor, consagración de la primavera, paz,

madre, tú y yo, por palabras el pan y la leche, la angustia,

por palabras el cisne, ola sobre ola, en la nada de encina.

No hay angustia... Pan, leche y mano me levantan en la lluvia,

y el amor es un silencio de asombros.

RETABLO DEL SER

Soñó despierto y se hizo de sí mismo una canción de sí mismo,
un bosque de sí mismo, un oboe de sí mismo, la madera
misma, cada agujero por donde pasa el aire y su ausencia,
el aire mismo, y soñó que era hombre y era bosque en la quietud
de un mar antiguo, sin número de amada, sin número de hombre,
sin estar en el agua, estando en todo el aire que arde en las manos,
sólo eso, y sólo un té antiguo donde se hizo canción de sí mismo.

¿QUÉ LA ETERNIDAD?

¿Qué la eternidad? No sé. No sé la medida de la luz,
ni de la sombra ni la medida del melocotonero,
ni la medida de las ocas salvajes huyendo al aire,
ni del azufre, ni del azul cielo, ni he visto el retrato
de la flor del melocotón en la sombra de los manzanos,
partitura de la frente elevada, ventana en las fuentes
del corazón, abismo de otro árbol que no nos alumbra,
    —qué árbol que no nos alumbra, dónde está para tallarlo en
      sombras a la medida del tiempo, en medidas de angustia y
      mansedumbre que nos vuelvan puros, ser del ser en la unión
        del tiempo y lo eterno,
    ¿es así, amor, la luz para el hombre o hay otra luz en las
      rodillas?—,
ni en la cuna de Moisés, ni en la luz sierva que deja el agua
hablada, esa agua sin rumor ni ausencia, ni adviento profundo
porque toma la orilla por mundo, el ave por aire y vuelo
—oh, engaño de la casa que no tiembla en las manos del verbo,
oh, cantar—, ni en la clara luz que deja el agua por pensar,

ni en la clara· luz que arde y que deja el silencio del amor,

porque el amor, si es silencio, transforma arteria en llama, en lluvia

suave sobre los que son de tierra desnudamente solos.

—Oh, ser del ser con la misma fuerza que el tigre rompe las

aguas, incendia el bosque de plátanos, incendia la rosa en su

cuerpo, incendia la nieve en el dedo de santo Tomás en la

llaga, en su postura de regazo que recoge un solo de

sombras, oh, gran resplandor de la impermanencia,

oh, dolor de lo eterno en mi carencia,

oh, gran dolor que diferencia la fe y la fuerza espiritual

(a veces me desamparo en su altura):

quedan bambú, dedo y llaga en un susurro de iluminación.

Oh, dolor mío, bañarse en el bambú, en los dedos y en la llaga—.

Oh, cantar, ni en la clara luz que dejan por pensar las aguas.

Y es esta la luz que busco entre mis fuegos, sin saber nada

más que mi medida en proporción a la madre y a mi pulso.

No sé mi medida, ni mi círculo, ni mi aire, oh, amor

en lo sereno, en lo que aún no tiene nombre como el agua,

como el tiempo, o ese barro íntimo donde nace la barca.

AMOR, EN TI ME ENCUENTRO

No pensar en la noche de nieve. Oler lo oscuro, la luz
en lo oscuro, oler el cuerpo, lo inmutable del habla, el cuerpo
amado que me nombra y que me alcanza como una armonía
antes de ser pronunciada, me alcanza y subyuga en el aire:
siento los naranjos en flor y siento las venas abiertas,
los hijos, lo que arde, la palabra. No pensar en el cuerpo.
Oler.

HABLO A LOS QUE BUSCÁIS

Hablo a los que buscáis lo que es por sí mismo, lo que fecunda

y permanece, lo que se transforma, luz, lo que transforma

vacío primigenio en sentido, lo que no tiene nombre

ni cosecha y tiene lluvia en su seno en un nombre expoliado

a los peces, a las piedras, al olivo, a lo que refresca

para respirar en las eras, en el zaguán, en el cántaro,

para respirarme copa en un momento sangrado a la uva,

a lo que es fuego que crea el solo nombre. Siento que un solo

nombre bastaría para salvar al mundo, espacio y ser

de la manzana, un solo nombre crecido dentro, en la almendra

de la manzana, un nombre externo a la náusea de la culpa,

un nombre profundo, cortado al frío, lacinia de amor.

Porque la luz es permuta y vaina del amor en la fuente,

y el amor es luz, pero ¿no es también ausencia de la luz,

que crea la necesidad de una nueva luz cada día

en la fuente, que crea cada día luz para la luz?

Hablo a los que buscáis la vaina y halláis el fruto disperso.

HASTA DONDE LO PERMANENTE SE DETIENE

Ir, cruzar la nieve, lo dormido, lo libre de temor,

el miedo, las lilas, la carne, el bien indecible, el amor,

el pájaro que bebe la luz y retorna a su morada,

el silencio, la caída en el silencio, la oscuridad

de la luz, las aguas, el alma necesaria, la dulzura,

la mirada ebria de amor y gozo, el huerto de los olivos...

Ir con la mano hasta donde lo permanente se detiene

y allí ser puro amor en movimiento,

y ser quietud de la quietud del agua

y ser ser recogida alegría en la alegría del aire.

A VECES, LA ALEGRÍA

A veces digo soy. Otras, quiero ser. Otras, soy un árbol.

Otras, soy nada que se recoge en esfuerzos de alegría.

A veces siento soy...

A veces, la alegría.

De *IL DOLORE DELLA BELLEZZA/
EL DOLOR DE LA BELLEZA*

(2019)

¿DÓNDE ESTÁ LA LEVEDAD?

¿Dónde está la levedad
que no separa el nenúfar del agua,
el gran amor de su amor?
¿Dónde está la levedad
que nombra y no deja huella,
sólo una lenta lentitud colmada?
¿Dónde está la levedad,
desde dónde mirar para encontrarla?

SIN AIRE

Sin aire, sólo el cuerpo, porque a veces las palabras caen
como campos, zaguanes o piedras en la piel más desnuda,
porque a veces las palabras dejan de ser palabras...,
y no están en mi frente, sobre mi cuerpo, y el amor cae,
lenguaje nómada de las flores, cae la oscura culpa,
antigua culpa de barro, y las flores y el manantial se abren
para dar cauce y guarida a la primera palabra,
la que siempre se repite.

VINCENT BAJO EL CUERPO

Vincent bajo el cuerpo, bajo la luna,

bajo la noche, manos acuchilladas de trigo,

Vincent de los sueños,

de los sueños en el interior de los ojos, de las manos

bajo la frente, oreja de sol y cuerpo de estrellas.

Vincent de soledad, de lilas, de girasoles rozados.

Vincent, cuerpo de soledad, cuerpo de lilas en el trigo.

Solo tu mano responde, solo tu frente ciega

los sueños rozados, el oído rozando el cielo.

Índice

CONTEMPLACIÓN PRIMERA

ORIGEN DEL VERBO, GERMINACIÓN DE LA TIERRA

CON LAS MANOS SOBRE LA AUSENCIA

AROMA DE MIRRA, AROMA DE SOLEDAD

CREACIÓN DE MI NOMBRE

SOLEDAD DE PIEDRA

SOLEDAD DE LUNA

CONFESIÓN DORMIDA

ANGUSTIA SOSEGADA

ESPACIO Y TIEMPO

RETABLO DEL SER

¿QUÉ LA ETERNIDAD?

AMOR, EN TI ME ENCUENTRO

HABLO A LOS QUE BUSCÁIS

HASTA DONDE LO PERMANENTE SE DETIENE

A VECES, LA ALEGRÍA

De *IL DOLORE DELLA BELLEZZA/*
EL DOLOR DE LA BELLEZA *67*

¿DÓNDE ESTÁ LA LEVEDAD?

SIN AIRE

VINCENT BAJO EL CUERPO